Viel Vergnügen
beim Lesen
wünscht Shorty

Shorty Jenkins

Memoriam Mystories

Rosenfeuernacht

MIX
Papier aus verantwortungsvollen Quellen
Paper from responsible sources
FSC® C105338
FSC
www.fsc.org

Shorty Jenkins

Memoriam Mystories

Rosenfeuernacht

Mystery

SHORTY INDUSTRIES

Bibliografische Information der Deutschen Nationalbibliothek:
Die Deutsche Nationalbibliothek verzeichnet diese Publikation in der Deutschen Nationalbibliografie; detaillierte bibliografische Daten sind im Internet über http://dnb.dnb.de abrufbar.

Shorty Jenkins Media e.U.
Silvrettaplatz 1 | 6561 Ischgl | Austria

Herstellung und Verlag:
BoD – Books on Demand, Norderstedt

ISBN: 978-3-7597-4308-4

Inhaltsverzeichnis

in memoriam

avorum meorum

um das Jahr 1600 - irgendwo in Osteuropa

Kapitel I

IM NAMEN DES WALDES

Die Dämmerung legte bereits ihren ersten Schatten über die verlassenen Felder, als ein schmächtiger Bauernjunge, an einen verwitterten Holzzaun gelehnt, bang darauf wartete, dass man ihn abholte.

Zu verlieren hatte er wahrlich nichts mehr, denn erst kürzlich hatten die Masern seine Eltern dahingerafft. Sein letzter verbliebener Verwandter war sein Großvater, an den er sich nur vage erinnern konnte, weil dieser sich bereits vor vielen Jahren von der Familie entfernt hatte, um in den hochgelegenen Wäldern ein neues Leben zu beginnen.

Jener Großvater hatte ihn nun zu sich ins Gebirge gerufen, wo er für ihn schuften sollte und dafür ein neues Zuhause versprochen bekam. Mit seinen dreizehn Jahren war er noch nicht einmal ansatzweise ausgewachsen, weshalb er wohl auch nur mit karger Kost und halbem Verdienst rechnen durfte.

Schon seit Stunden quälte ihn der Durst, doch es gab im Umkreis seiner Wartestelle weit und breit keine gnadenbringende Wasserquelle. Ein einzelner, kahler Baum ragte aus den flachen Feldern hervor, jedoch trug dieser keine Früchte, die für Linderung sorgen konnten.

Um der drohenden Austrocknung zu trotzen, verharrte der Junge regungslos und versuchte achtsam zu atmen, auch um seinen stark pulsierenden Herzschlag zu beruhigen. Die Welt um ihn herum war erdrückend still, nur spärlich belebt durch ein paar düstere Krähen, die am Himmel kreisten.

Die Monotonie der Landschaft wurde gebrochen, als auf einmal ein sich nähernder Feldwagen aus der Ferne zu erkennen war. Mit jedem Fuß, den der Wagen zurücklegte, wuchs in ihm die Gewissheit, dass die Zeit für einen Neuanfang gekommen war und dies seine Abreise bedeutete. Langsam, doch mit deutlich hörbarem Knarren, zog der robuste Wagen aus Holz der staubigen Wegstrecke entlang und hielt schließlich einige Meter vor dem wartenden Knaben an.

Anstelle des üblichen Gespanns aus zwei Pferden wurde der Wagen von einem einzigen massigen Mann mit bloßen Händen gezogen. Dieser war mindestens fünf Ellen hoch, schwarz behaart wie ein Bär und vor allem stumm wie ein Fisch. Die Aufgabe der Pferde übernahm er einsichtig, nachdem er ein paar Tage zuvor, getrieben von unbändigem Hunger, das letzte intakte Ross samt Haut und Haar verspeist hatte.

Deswegen war er dazu verdammt worden, den Jungen sicher in die abgelegene Waldsiedlung zu bringen, wo dessen Großvater lebte. Ohne ein Wort zu verlieren, deutete der riesige Mann mit hastigen Gesten und gab dem Burschen eine eindeutige Gelegenheit, auf den Wagen aufzusteigen.

Scheinbar vertraute ihm der Junge, eine andere Möglichkeit blieb ihm ja ohnehin nicht, also kletterte er rasch auf das Gefährt. Die Eigenmasse des Wagens machte den Großteil des Gewichtes schwer, denn die eigentlichen Transportgüter bestanden lediglich aus zwei leeren Kartoffelsäcken und einem muffigen Heuhaufen, auf dem es sich der Jüngling einigermaßen gemütlich machte.

Erschöpft vom langen Warten und der reizarmen Umgebung zeigte er, genauso wie sein Fuhrmann, wenig Interesse an einem Gespräch. Noch immer dürstete es ihn nach Wasser, doch wagte er es nicht den schwitzenden Fremden darauf anzusprechen.

Der schweigende Riese holte eine zerfledderte Karte aus seinem Beutel und drückte sie dem Burschen wortlos in die Hand. Unbehagen breitete sich in ihm aus, als er sie entfaltete und die blutrote Inschrift darauf entzifferte, welche seinen eigenen Namen ‚*Marin*' ausdrückte.

Nervös drehte er das Blatt, doch auf der Rückseite war lediglich ein unscheinbarer schwarzer Fleck zu sehen. Marin bezweifelte, dass die Punktierung irgendeine besondere Bedeutung hatte. Wahrscheinlich war es nur ein Abdruck von den verschmutzten Pranken des Mannes. Entscheidend war, dass sein Name darauf geschrieben stand - das gab ihm immerhin ein wenig Vertrauen.

Mit beiden Händen und ungezügelter Kraft zog der breitgebaute Mann den Karren vorwärts. Zarte Windstöße durchstreiften dabei Marins hellbraunes Haar, nachdem er sich notdürftig zurücklehnte und der Wagen allmählich Fahrt aufnahm. Als er seine Augen nur ein einziges Mal zumachte, fiel er sofort in einen festen Schlummer, aus dem er nicht so schnell erwachen wollte. So war zwar sein Wille, doch das Schicksal schien ihm seine Wünsche stets zu vereiteln.

Ein abruptes Rumpeln, ausgelöst durch ein Schlagloch im unebenen Weg, brachte den Holzwagen heftig ins Schwanken und schüttelte dabei den schlafenden Knecht bis zum unsanften Erwachen durch. Marin konnte nicht genau feststellen, wie lange er wohl geschlafen hatte, jedenfalls war es inzwischen stockfinster und unangenehm kalt geworden.

Geträumt hatte er von einem riesigen Teich, der intensiv nach Salz roch und bis zum Horizont reichte – wo auch immer sich dieses unerklärliche Gewässer befinden sollte. Der Geschmack von Salz war ihm vertraut, doch bei seinem anhaltenden Höllenbrand wenig förderlich. Sein ausgetrockneter Mund labte sich an den letzten Speicheltropfen, um zumindest einmal vernünftig schlucken zu können.

Gerade als er versuchte, noch einmal einzuschlafen, ließ der kräftige Kerl prompt die Holzplanken fallen und der gezimmerte Wagen kam endlich zum Stillstand. Der stumme Riese vergewisserte sich, dass sein Transportgut noch vollständig vorhanden war und entfernte sich dann hastig vom Gefährt, um seinen Auftraggeber aufzusuchen.

In der Zwischenzeit nutzte Marin die Situation, um sich etwas genauer umzusehen. Aufgrund der vorherrschenden Finsternis konnte er jedoch nur Umrisse wahrnehmen. Zwei entzündete Straßenfackeln brachten dabei nur geringfügige Erhellung in das Wegbild, wodurch aber immerhin die umstehenden Nadelbäume erkennbar wurden.

Schwer vorstellbar, dass sich hier tatsächlich Menschen angesiedelt hatten, denn die Umgebung wirkte viel zu verlassen, um auch nur Anzeichen einer Zivilisation festzustellen. Stimmen konnte der Knabe auch keine wahrnehmen, nur das gelegentliche Heulen und Rascheln aus dem dunklen Wald drang durch seine Ohren. Kurze Zeit später kehrte der stämmige Transporteur zurück.

» Soll ich ...? «, begann Marin und erhoffte sich zumindest ein Nicken des stämmigen Mannes mit schwarzem Bart. Dieser nahm stattdessen eine Fackel vom Wegesrand, ging vom hölzernen Feldwagen weg und schaute Marin an, als solle er ihm folgen. Zögernd, aber getrieben von der ungewissen Lage, stieg er ab und folgte dem flackernden Licht, das sie zum Eingang der Waldsiedlung leiten sollte.

Die Siedlung war überschaubar und wirkte vernachlässigt, aber die deutlichen Zeichen einer Bewohnung waren nicht mehr zu übersehen. Zentral gelegen, bot ein schlichter Versammlungsplatz das Herzstück der Gemeinschaft, umgeben von ein paar provisorischen Zelten, deren Stoffe im schwachen Licht gespenstisch flatterten. Rundherum erstreckten sich drei größere Holzhütten, welche sich am Rande der kleinen Lichtung vor den steten Winden duckten, die durch die Baumkronen strichen.

Gelegentlich hörte Marin ein keuchendes Husten, das sich mit dem Knistern der trockenen Äste unter seinen Füßen vermischte. Die Umgebung war fremd und unwirtlich, und so langsam fragte er sich, ob er nicht irrtümlich im falschen Wald ausgesetzt worden war. Doch dann trat hinter ihm ein älterer Mann aus dem Dunkel hervor.

» Du kommst spät ... aber anscheinend hast du es geschafft, hier anzukommen, ohne vom Wagen zu fallen «, sagte er mit knarrender Stimme und spöttischem Ton.

Im ersten Moment war Marin verunsichert, denn die Person schien durch ihr graues Haar und die tiefen Falten deutlich älter als vermutet. Doch als Marin in der Iris des Mannes die grünschimmernde Augenfarbe seiner Mutter wiedererkannte, hegte er keine Zweifel mehr – es war sein Großvater Beno, der ihn begrüßte und mit offenen Armen empfing.

Marin sprang ihm entgegen und wollte eine zaghaft angedeutete Umarmung erwidern. Sein Großvater reichte ihm jedoch als Entgegnung eine Feldflasche, die mit frischem Wasser gefüllt war. Dankbar nahm er die Flasche und öffnete sie sofort, um einen gierigen Schluck daraus zu trinken. Er spürte, wie das kühle Nass seine ausgetrocknete Kehle benetzte - ein Trost nach der langen und staubigen Reise.

» Folge mir «, sagte Beno knapp und wandte sich räuspernd einer zweistöckigen Holzhütte zu.

Als sie die Hütte betraten, wurde Marin durch einen hohlen Gang, vorbei an einer seitlichen Tür geführt und dann plötzlich von Beno angehalten.

» Dass du dieser Krankheit entfliehen konntest, ist allemal ein Wunder «, äußerte er und wirkte dabei keineswegs traurig über den familiären Verlust.

Marin nickte stumm, denn er fand keine passende Antwort. Er war sich nicht sicher, ob sein Großvater ihm wirklich wohlgesinnt war. Doch dann drehte dieser sich wieder um und zeigte nach vorne.

Am Ende des Ganges führte eine schmale Leiter nach oben, wo Marin sich offenbar niederlassen sollte.

» Ruh dich etwas aus, aber vergiss nicht, dass du zum Arbeiten hier bist «, sagte sein Großvater mit ernster Miene und trat ab.

Nachdem Beno hinter der Seitentüre verschwand, kraxelte Marin die Leiter empor und löste dabei nur unschöne Geräusche aus. An diese würde er sich wohl gewöhnen müssen, denn jeder bisherige Schritt in dieser Hütte brachte das alte Holz ordentlich zum Knarren und Ächzen. Auch als er den Einstieg zum Dachboden öffnete, quietschte das Holz unter seinen Händen.

Der Dachboden war eng bebaut und schlicht eingerichtet, doch immerhin war es trocken und warm. Das Dach selbst war ebenfalls aus groben Holzbrettern gemacht, durch deren Spalten das Mondlicht schwach hindurchsickerte. Eine dünne Strohmatratze samt Wolldecke lag auf einem hölzernen Gestell bereit, daneben ein kleiner Tisch mit einer einsamen brennenden Kerze, welche tanzende Schatten warf.

Marin setzte sich auf das vorgesehene Bett und befreite sich von seinen verdreckten Schuhen. Dann löschte er die Flamme, legte sich vollbekleidet hin und schloss die Augen.

Das Strohbett war leicht eingedrückt, als hätte kürzlich jemand darin genächtigt. Doch war es allemal bequemer als auf dem sperrigen Karren. Marin fragte sich, welche harte Arbeit ihn am nächsten Tag wohl erwartete. Dabei hatte er gar keinen Schimmer, welche Aufgaben auf ihn zukommen würden, nur dass es vermutlich wenig Erholung geben würde.

Ihm war bewusst, dass er deswegen die dunklen Stunden nutzen musste, um sich zu erholen. Doch ein nagendes Gefühl der Unruhe ließ ihn nicht los.

Die Gedanken an seine neue Umgebung ließen ihn noch eine Weile wachliegen, bevor ihn das entfernte Rauschen des Waldes schließlich in den Schlaf wiegte.

Kapitel II

ECHO DES HOLZES

Am nächsten Morgen wurde Marin vom ersten Sonnenschein geweckt, dessen Lichtstrahlen durch die dichten Fichtenzweige direkt in sein Gesicht fielen.

Er drehte sich um und zog die zerzauste Wolldecke über seinen Kopf, in der Hoffnung, die Welt um sich herum für einen Moment lang auszublenden und ein wenig weiter zu träumen. Doch kaum tauchte er in seine Traumwelt ein, durchbrach ein dumpfes Poltern die Stille und die Tür zu seinem Zimmer wurde brachial aufgestoßen. Sein Großvater stand wie ein Schatten im Türrahmen und rief zur Arbeit.

» Auf, mein Junge! Die Leute warten. «

Marin stöhnte leise, blinzelte ins grelle Licht und setzte sich langsam auf.

» Du wirst den Waldarbeitern bei den Vorbereitungen für das morgige Fest helfen «, bestimmte Beno.

» Welches Fest? «, fragte Marin, während er sich den Sand von den Wimpern rieb und seine Augen mühsam öffnete.

Doch sein Großvater wollte nicht weiter auf die Frage eingehen und vertröstete ihn.

» Nicht so wichtig. Du wirst schon noch früh genug alle Einzelheiten erfahren. «

Bevor Marin nach draußen geschickt wurde, drückte ihm sein Großvater eine schwere, rostige Axt in die Hand. Das kühle Metall fühlte sich fremd in seinen unerfahrenen Händen an und spiegelte das Licht des frühen Morgens nur schwach wider. Er konnte sich nun denken, was der Tag für ihn bereithielt.

Dies bestätigte sich einen Moment später, als ein schnauzbärtiger Mann vor ihn trat. Er nannte sich Rolf und stellte sich bei Marin als örtlicher Holzfäller vor.

» Freut mich, dass du uns hilfst «, sprach er mit einer Stimme, rau wie Baumrinde. » Wir brauchen jede Menge Holz für ein prächtiges Feuer. «

Marin verstand nicht ganz, von welchem Feuer Rolf sprach, doch folgte er gehorsam seinen breiten Spuren durch das Gesträuch. Gemeinsam schlugen die beiden den Weg in den dichten Wald ein, der sich wie ein dunkles Meer aus Bäumen vor ihnen ausbreitete. Ein vielfältiges Mosaik aus zahlreichen Nadelbäumen erstreckte sich vor ihnen.

Erhabene Fichten spannten ihre dunkelgrünen Nadeln bis hoch in den Himmel, während knorrige Föhren das Dickicht durchbrachen und zwischendrin vereinzelte Lärchen goldgelb schimmerten.

Für die Bewohner der Siedlung galt der Wald als ein Keim unverzichtbarer Ressourcen.

Allmählich fanden immer mehr Sonnenstrahlen ihren Weg durch das dichte Unterholz. Der Duft von feuchtem Laub und gesättigter Erde füllte die Luft, während irgendwo in nächster Nähe ein regelmäßiges Klopfen zu hören war.

Als sie den Platz erreichten, von dem das Geräusch ausging, bot sich ihnen ein Bildnis zäher Entschlossenheit. Der stumme Riese, der Marin in die Siedlung gebracht hatte, war bereits damit beschäftigt, das grobe Holz zu zerkleinern. Mit beeindruckender Präzision und sichtbarer Anstrengung haute er mit seiner Axt auf einen Klotz nach dem anderen ein.

» Wahnsinn! Der Kerl scheint nicht schlapp zu machen, hat er mich doch noch vor ein paar Stunden mehrere Meilen weit gezogen «, merkte Marin verdutzt an.

» Aja? Hab' gar nicht mitbekommen, dass Sven unterwegs war «, stellte Rolf fest und kam dessen Axtschlägen stetig näher. » Dann seid ihr ja schon miteinander vertraut. «

Sven widmete den beiden einen entschlossenen Blick, aber war von Beihilfe nicht abgeneigt. Die Männer organisierten sich geschickt, um die anfallende Arbeit möglichst effizient zu bewältigen. Während Sven und Rolf sich den massiven, bereits gefällten Baumstämmen widmeten, wurde Marin die Aufgabe zugeteilt, das Kleinholz zu spalten.

Rolf erkannte schnell, dass Marin keinerlei Erfahrung im Umgang mit der Axt hatte. Deshalb war er gewillt, dem Jungen die richtige Technik beizubringen.

Er wählte ein halbwegs gerades Holzscheit aus, positionierte es senkrecht auf einem stabilen Stamm und ergriff fest sein Werkzeug. Mit gezieltem Schwung schlug er die Schneide der Axt genau in die Mitte des Scheits und ein befriedigendes Knacken ließ Erfolg verheißen.

» So wird das gemacht «, ermutigte er Marin, es selbst zu versuchen.

Fasziniert sah ihm der Junge zu, wie er ein Holzscheit nach dem nächsten verarbeitete. Ein Hauch von Entschlossenheit bewegte Marin schließlich dazu, die Axt selbst in die Hand zu nehmen und Rolfs Schwung einigermaßen nachzuahmen.

Sein erster Versuch scheiterte - das Holz blieb unberührt. Beim zweiten Anlauf schaffte er es, einen kleinen Teil abzuspalten, doch das Reststück kippte vom Stamm und fiel zu Boden.

Rolf hob das Holz umgehend auf und warf es zu Sven, der das Scheit mühelos mit bloßen Händen in zwei Hälften riss. Marin beobachtete ihn dabei und spürte, wie ihn die bemerkbare Schwäche in seinen eigenen Fähigkeiten demütigte. Doch er schöpfte auch unfassbare Motivation daraus, denn er wollte unbedingt beweisen, dass er ein fähiger Helfer war.

Zügig platzierte Rolf ein weiteres Holzscheit auf dem Stamm und gab Marin zu verstehen, dass es keine Zeit für Trödeleien gab. Deswegen hämmerte Marin nun ausgiebig und gezielt auf jedes Holzstück ein, das ihm seine Gefährten servierten. Mit jedem Schlag spürte er, wie seine Kräfte unter vollem Einsatz zunehmend schwanden und sich bereits Blasen unter der Hornhaut seiner Handflächen ausbreiteten.

Er sehnte sich nach einer kurzen Rast, doch solange weder Rolf noch Sven eine Ruhepause anordneten, war daran nicht zu denken. Ein beachtlicher Stapel Arbeit stand den eifrigen Forsthauern noch bevor. Also biss Marin die Zähne zusammen und kämpfte sich durch, bis er auf einmal näherkommende Schritte vernahm.

Kurz darauf erschien eine Frau mit maßlos gewölbtem Bauch. Sie trug einen dampfenden Topf sowie ein paar hölzerne Schüsseln bei sich.

» Ah ... endlich was zum Futtern. Ich hab' schon die ganze Zeit enormen Kohldampf «, rief Rolf laut aus und ließ seine Axt vorfreudig zu Boden fallen.

Marin empfand tiefe Erleichterung bei dem Gedanken an eine bevorstehende Arbeitspause. Seine Energie war nahezu erschöpft und darum war die Aussicht auf stärkende Nahrung und etwas Ruhe mehr als willkommen. Allein die Vorstellung an eine warme Mahlzeit ließ Marins Magen vernehmlich knurren.

» Lasst es euch schmecken «, sagte die Frau, während sie den wohlriechenden Topf auf einem abgesägten Baumstamm platzierte und eine Schöpfkelle dazu legte.

» Danke dir! «, entgegnete Marin, bevor die Frau sich wieder umdrehte und in Richtung der Siedlung verschwand.

» Meine Gattin Donna ... sie ist guter Hoffnung «, behauptete Rolf stolz und schaute der Frau verlegen nach. » Fremden gegenüber ist sie etwas ungeneigt, aber sie kann hervorragend kochen, also greif zu! «

Der deftige, verlockende Geruch, der aus dem Suppentopf strömte, verleitete Marin zu tun, wie man ihm riet. Doch er brauchte sich nicht zu bedienen, denn Rolf schöpfte gleich drei gleichmäßige Portionen in die bereitstehenden Holzschüsseln und reichte eine davon an Marin weiter.

Die übrige Portion war offensichtlich für Sven gedacht, daher rief Rolf laut nach dem maulfaulen Grobian, welcher sich ein wenig von den anderen abgeschottet hatte. Doch Sven war völlig in seine Routine vertieft und schien die Rufe kaum zu registrieren. Unbeirrt setzte er seine einfältige Arbeit fort, ohne auch nur einen Blick in Richtung der Speise zu werfen.

Rolf wirkte besorgt über sein Verhalten, schließlich war es laut ihm äußerst ungewöhnlich für den Riesen, sich eine leckere Stärkung entgehen zu lassen. Daraufhin wollte Marin mehr über Sven wissen, vielleicht sogar erfahren, warum er nie sprach.

» Sven lebt hier mit seinem Muttchen, Edna «, begann Rolf zu erzählen, » die wiederum wohnt hier schon seit der Gründung der Siedlung und vielleicht faselt sie ja deshalb öfters wirres Zeug. «

Anstelle sich für die arme Mutter des Riesen zu interessieren, drängte Marin den Holzfäller nach Äußerungen bezüglich Svens Verschwiegenheit.

Dieser senkte seinen Blick und antwortete: » Seine Stimme ist schon lange verstummt, ziemlich genau seit dem Tag, als sein Vater tragisch ums Leben kam. «

Marin hatte sich zwar eine dramatische Erklärung erwartet, doch als Rolf hinzufügte, dass die genauen Umstände des Todes nie geklärt wurden, erschauderten diese Worte den Jungen und raubten ihm den Appetit.

Abrupt durchschnitt ein wildes Rascheln aus oberer Waldrichtung das karge Gespräch. Obwohl das unheimliche Gesäusel bei Marin deutliche Aufmerksamkeit erregte, schien Rolf nichts Ungewöhnliches zu hören und schob die Geräuschkulisse auf ein paar kleinere Tiere, die vermutlich durch das verstrubbelte Gebüsch streiften.

Doch Marin war sich dabei nicht so sicher und hielt weiterhin Ausschau im dichten Geäst. Dann sah er plötzlich etwas Glühendes zwischen zwei kahlen Bäumen im Klee stehen. Sein Blick wurde von einem mädchenhaften Gesicht angezogen, das von leuchtend roten Haaren umrahmt war.

Sich zu rühren schien ihm unmöglich, so warm wurde ihm ums Herz. Für einen flüchtigen Moment trafen sich ihre Blicke und in den Tiefen ihrer Augen entfachte sich eine helle Flamme. Das Licht wurde so intensiv, dass Marin gezwungen war zu blinzeln und als er seine Augen wieder öffnete, war das Mädchen mit den feurigen Haaren verschwunden, als wäre sie nie dagewesen.

Die Stille hatte sich wieder im Wald ausgebreitet, während die Sonne zunehmend die erdrückende Umgebung erhellte. Verwirrte Gedanken plagten Marin und einige Fragen eröffneten sich ihm, wobei er sich nicht traute, dieses Erlebnis Rolf oder seinem Großvater anzuvertrauen.

Womöglich würden sie ihn für verrückt erklären. Er war sich selbst nicht sicher, ob er sich das alles nur eingebildet hatte. Also beschloss er, die Entdeckung des geheimnisvollen Mädchens erst einmal für sich zu behalten und selbst nach einer Antwort zu suchen.

Kapitel III

KREIS DER QUACKSALBER

Nach einem anstrengenden Vormittag kehrten die fleißigen Waldarbeiter zeitgerecht in die Siedlung zurück. Sven schleppte den Großteil des Holzes, während die anderen sich abmühten, ihren Anteil zu leisten und ebenfalls mit vollen Händen eintrafen.

Zermürbt luden sie das gesammelte Holz in der Mitte des Versammlungsplatzes ab, wo bereits ein Bursche mit braunem Filzhut zugange war, kaum zwei Jahre älter als Marin. Geschickt schichtete er das ganze Holz zu einem stattlichen Haufen auf.

Der Junge hieß Elvan und war unter anderem als Jäger für die Siedlung tätig. Mit Begeisterung schwärmte er von einer bevorstehenden Schwarzwildjagd.

» Leider ist das Wild hier rar. Aber manchmal verirrt sich der ein oder andere Eber in unseren Wald. «

Doch weder auf Elvans Weste noch auf seinem Hut waren waidmännische Trophäen oder Abzeichen zu sehen.

» Ich jage nicht aus Eigennutz «, stellte er klar und verdeutlichte seine Absicht. » Wir sind eine Gemeinschaft und davon sollten alle ihren Nutzen ziehen. «

Noch bevor Marin mehr über Elvans Verhältnis zur Jagd erfahren konnte, stürmte eine dürre Frau mit nassen, schwarzen Haaren auf den Platz und fiel dem ausgelaugten Sven geradezu in die Arme.

» Mein armer Junge, völlig erschöpft von der Schinderei! «, beklagte sie und warf Rolf einen vorwurfsvollen Blick zu. » Wie kannst du ihn nur so ausbeuten? Hast du ihm denn nichts zu essen gegeben?! «

» Hab' ihm 'nen Süppchen angeboten, aber das hat ihn nicht gejuckt «, erwiderte Rolf kleinlaut. » Der hat einfach weiter gebuckelt. Hatte mich ja auch schon gewundert, dass er nix mampfen wollte. «

» Hauptsache, der neue Knecht wird verwöhnt «, höhnte Edna und fixierte dabei Marin mit einem stechenden Blick. » Ihr könnt euch schon darauf einstellen, dass eure künftigen Mahlzeiten, dank ihm, noch knapper aufgeteilt werden müssen. «

Elvan schritt dazwischen und versuchte die hysterische Frau zu beruhigen. » Lass gut sein, Edna! Sven war äußerst bemüht bei der Holzarbeit, jetzt sollte er sich ein wenig ausruhen. «

» Hätten die anderen beiden genauso hart gearbeitet, wäre der Scheiterhaufen nicht so mickrig. Pater Lars wird sicherlich nicht begeistert sein! «, entgegnete sie scharf, legte eine alte Decke über die breiten Schultern ihres Sohnes und begleitete ihn dann in ihr Eigenheim.

» Die Alte hat wohl 'nen Schaden «, äußerte sich Rolf verärgert. » Als ob wir das alles nur für den Priester machen. «

Für einen Augenblick war es ruhig und verzweifelte Blicke kreuzten sich unter den Anwesenden. Die Stille war Marin unangenehm, also brach er sie mit einer gewagten Frage.

» Zu welchem Gott betet ihr eigentlich? «, wollte er wissen.

Die Reaktionen waren ernüchternd, denn niemand antwortete ihm befriedigend. Elvan blickte schließlich tief in Marins Augen und versuchte die Frage zu beantworten.

» Angst ist die Macht, zu der wir alle beten, damit sie uns in Ruhe lässt. «

Seine Worte hallten in der kühlen Waldluft nach und als Marin darüber nachdachte, spürte er die unangenehme Wahrheit darin.

Von Rolf kam kein ergänzender Kommentar mehr dazu, also musste sich Marin mit dieser Antwort begnügen. Vom Schaffen ermüdet, legte sich Rolf auf einen abgeflachten Stamm und schnarchte schon nach wenigen Sekunden vor sich hin.

Seit ihrem Aufbruch heute Morgen hatte Marin seinen Großvater nicht mehr gesehen, was ihn zunehmend beunruhigte. Er hatte so viele weitere Fragen. Vergeblich hielt er Ausschau nach ihm, doch von Beno fehlte jede Spur.

Also fragte er den neu bekannten Gleichaltrigen nach Auskunft, schließlich war dieser ja den gesamten Vormittag in der Siedlung gewesen.

» Wahrscheinlich kümmert er sich gerade um die Vorbereitungen für die Rosenfeuernacht «, vermutete Elvan. » Als Ältester der Siedlung wurde Beno mit den wichtigen Aufgaben des Zeremonienmeisters betraut. «

Langsam begann Marin zu verstehen, welchen Stellenwert sein Großvater in der Siedlung einnahm. Er wusste kaum etwas über den Vater seiner Mutter, schließlich hatten sie vor dem Ableben seiner Eltern noch nie miteinander geredet.

Getrieben von purer Neugier nutzte Marin die Gelegenheit, den Jungjäger über weitere Informationen auszuquetschen, besonders interessierten ihn die Umstände, die seinen Großvater dazu bewogen hatten, sein halbes Leben in diesem abgeschiedenen Wald zu verbringen. Elvan tat ihm den Gefallen.

» Weißt du denn nicht, dass Beno einst vor dem Krieg floh, um sich hier niederzulassen? «, fragte er Marin äußerst verwundert.

Marin zögerte einen Moment, dann erinnerte er sich an die spärlichen Erzählungen seiner Eltern. » Man sagte mir nur, dass er sich von der Familie abwandte, um ein neues Leben in den Wäldern zu beginnen. Mehr weiß ich wirklich nicht und von Krieg war nie die Rede. «

Elvan war sichtlich entsetzt, wie wenig Marin über seinen Großvater zu wissen schien. » Das wundert mich schon, denn immerhin hatte er immer wieder mal von seinem Enkel erzählt, der bald zu uns kommen soll ... und jetzt bist du tatsächlich hier. «

Marin konnte nicht glauben, was er hörte. Sein Großvater soll von seinem Enkel, also von ihm, erzählt haben? Woher konnte dieser überhaupt wissen, dass er kommen würde? Diese Fragen musste er ihm wohl bei Gelegenheit selbst stellen.

Elvan bemerkte Marins Unbehagen, also versuchte er auch über seine eigene Geschichte etwas Licht ins Dunkel zu bringen.

» Weißt du, ich musste damals auch fliehen, als sie mein Dorf überfielen, unsere Häuser niederbrannten und meine Familie töteten. «

Ein schweres Schweigen legte sich für einen Moment zwischen die beiden jungen Männer. Marin war sprachlos und versuchte, die Tragweite von Elvans Vergangenheit zu erfassen.

Doch dann fuhr Elvan fort: » Auf meiner Flucht durchquerte ich unzählige Wälder, aber hier im Gebirge fand ich Zuflucht. Beno hat mich, wie viele andere auch, in die Siedlung aufgenommen, mir ein Dach über dem Kopf geboten und mir eine Aufgabe erteilt, die ich bis heute gewissenhaft verrichte. «

Marin dachte kurz nach und sagte dann halb scherzend, halb ernst: » Vielleicht sah er in dir einen Ersatz-Enkel, anstatt meiner Wenigkeit. «

Die Worte waren leicht gesprochen, trugen dennoch ein belastendes Gewicht. Elvan sagte erst nichts und wich dann einer möglicherweise unangenehmen Beantwortung aus.

» Ohne deinen Großvater hätten wir keine Führung und wären vermutlich längst verloren. «

Marin wirkte nun etwas erleuchteter, doch er war noch immer mit bedrückenden Fragen beschäftigt.

» Jetzt verstehst du, welche wichtige Bedeutung dein Großvater für uns hat «, behauptete Elvan. » Doch wie mir scheint, belastet dich noch etwas anderes. «

Marin fühlte sich ertappt, denn Elvan lag richtig. Dennoch war er sich nicht sicher, inwieweit er sich diesbezüglich dem Jungjäger anvertrauen konnte. Er kannte Elvan kaum, hatte von ihm jedoch bereits intime Details erfahren, also entschied er sich, ihm von seiner Sichtung im Wald zu erzählen.

» Ich habe heute Morgen ein Mädchen gesehen, dort zwischen den Bäumen «, erzählte Marin, während Elvan bereits eine ernste Miene formte. » Sie hatte rotes Haar und wirklich ein bildhübsches Angesicht. Lebt sie etwa auch hier in der Siedlung? «

Elvan war nicht gerade erfreut von Marins Erzählung, er schien sogar dezent verärgert darüber.

» Halt dich besser fern von ihr, irgendwas stimmt mit der ganz und gar nicht «, warnte er ihn.

Marin war zuerst beruhigt, dass die Sichtung des Mädchens kein Hirngespinst war, aber verwirrt über Elvans heftige Reaktion drängte er weiter: » Könnte es sein, dass ... Ich meine, ihre Augen waren ... «.

Elvan ahnte, worauf Marin hinauswollte, also fiel er ihm ins Wort.

» Ihr Name ist Ria, und ja, sie ist ... «

Noch bevor er seinen Satz beenden konnte, zerriss ein durchdringendes Kreischen die Luft.

Donna, die Frau von Rolf, kam unter anhaltendem Tränenfall um die Ecke gestürzt. Sie war völlig außer sich und begann aufbrausend den aufgeschichteten Holzhaufen umzustoßen.

Ihr Mann erwachte erschrocken und eilte unmittelbar zu ihr. Er klammerte seine schwangere Frau behutsam in seine starken Arme und es dauerte einige beschwichtigende Atemzüge, bis sie sich beruhigte.

Dann berichtete sie unter heftigem Weinen von einer schrecklichen Vision, die sie gerade erfahren hatte: » Eine Stunde wird es hell sein und dann für immer dunkel ... sie wird alles beenden! «

Kapitel IV

FLÜSTERN UNTER NADELN

In der Siedlung war wieder Ruhe eingekehrt, nachdem Rolf seine Frau einigermaßen besänftigen konnte. Die restlichen Bewohner versammelten sich am Siedlungsplatz und warteten auf das gemeinschaftliche Mittagsmahl. Sie bildeten ein Lager aus größeren Baumstämmen, die ihnen als Sitzunterlage dienten.

Edna und Sven hatten sich ebenfalls wieder dazu gesellt, brachten sogar zwei mittelgroße Brotlaibe mit. Scheinbar hatten auch sie sich wieder beruhigt, was förderlich für die Gemeinschaft war und den Zusammenhalt in der Siedlung bekräftigte.

Insgesamt zählte Marin nicht mehr als ein halbes Dutzend Menschen, ihn selbst miteingeschlossen. Das Brot sollte also durchaus reichen, die Anwesenden zu sättigen.

Zu Marins Verwunderung wurden die Fladen von Edna mit einem teuer verzierten Küchenmesser in ungleichmäßige Rationen aufgeschnitten. Die Portionen verteilte sie willkürlich an die Versammelten, welche nachsichtig darauf warteten, bis jeder angemessen versorgt war.

Aufgrund von Ednas zwieträchtiger Bemerkung vorhin hatte Marin zwar Bedenken, doch auch ihm wurde eine ausreichende Ration ausgeteilt. Erleichtert biss er in die knusprige Kruste des nahrhaften Laibs Brot, während die anderen auch manierlich davon kosteten.

In aller Ruhe machte sich Marin bei fast vollständigem Tageslicht ein genaueres Bild von der Siedlung. Zwischen den zwei größeren Holzhütten, in denen rechts sein Großvater und er, und links Edna mit Sven hausten, stand eine primitive Scheune, die beide Häuser miteinander verband. Etwas versetzt, vom Siedlungsplatz aus fast nicht zu sehen, lag noch eine niedrigere Hütte, vermutlich das Heim von Rolf und Donna.

Da fragte sich Marin, wo wohl Elvan untergebracht war – vielleicht in einem dieser betuchten Zelte? Viel mehr gab es in der Ortschaft nicht zu entdecken, außer einem unübersehbaren Mann, der sich der Versammlung anschloss.

Unerwartet gesellte sich der Älteste der Gemeinschaft dazu und mischte sich freundlich unter die Bewohner.

Als er seinen Enkel erblickte, schenkte er ihm zunächst keine Beachtung. Erst nach einer Weile kam er zu den beiden Jüngsten in der Siedlung und sprach:

» Wie ich sehe, hast du Elvan bereits kennengelernt. Umso beruhigter bin ich, dass ihr euch zu verstehen vermögt. «

» Ist mir eine Freude, deinen Enkel in unsere Kreise einzuführen «, erwiderte Elvan respektvoll.

» Dir kann ich vertrauen, so viel ist sicher «, fügte Beno lobend hinzu, bevor er weiterzog. » Dann weißt du ja, was heute Nacht getan werden muss. «

Elvan war gleichermaßen berührt und geadelt durch Benos Worte, und bestätigte die Annahme mit einem bestimmenden Nicken.

» Was meinte er damit? «, fragte Marin seinen neuen Gefährten, noch immer kauend auf seinem Mittagsbrot.

» Die Jagd natürlich «, räumte Elvan trocken ein. » Du wirst uns heute Nacht helfen, das Wildschwein zu erlegen. «

Marin machte für einen Moment große Augen, denn er hielt das, was er von Elvan hörte, für einen geschmacklosen Scherz. Doch Elvan blieb ernst, denn so meinte er es auch.

» Das ist ein wesentlicher Bestandteil für die Rosenfeuernacht. «

Rosenfeuernacht – alles Geschehene drehte sich um diese geheimnisvolle Nacht.

Deswegen wuchs auch die Neugier in Marin und er fragte die Gemeinschaft, was genau dieses Rosenfeuer eigentlich sei und welchem Zweck es diene.

» Mittlerweile festigt diese Nacht die Existenz unserer kleinen Siedlung «, bestätigte Beno seinem Enkel.

Daraufhin begann der Älteste zu erzählen, wie dieser Brauch zustande kam und warum er so wichtig für die Siedlung war.

» Ich kann mich noch daran erinnern, als wären seitdem keine drei Tage vergangen «, begann Beno schmunzelnd, nahm dann aber wieder einen ernsten Ausdruck an und fuhr fort. » Damals war mein Haar noch wesentlich dunkler, aber die Tage waren dafür umso heller. «

Marin lauschte den Worten seines Großvaters gespannt und auch die anderen hörten aufmerksam zu, obwohl sie die Geschichte bereits kannten.

» In einer kalten, stürmischen Nacht vor etwa sieben Jahren fand ein Fremder den Weg in unsere Siedlung. Er schien stark berauscht, doch ohne jenen Zustand hätte er die Siedlung vermutlich nie erreicht, sondern wäre bereits vorher erfroren. Der Reisende suchte bei uns Zuflucht vor dem Sturm, doch wir mussten uns damals gegen eine Aufnahme entscheiden. Nicht aus mangelndem Platz, aber die Versorgung wurde langsam knapp und außerdem erschien der Betrunkene als zusätzliche Last. Also hielten wir unsere Türen verschlossen, ignorierten sein Flehen und gewährten ihm kein Obdach. «

Beno machte eine Pause, bevor er weiter aufklärte. » Daraufhin verfluchte der Reisende die Siedlung mit sakrischen Beschimpfungen und verschwand in den Brausen des Sturms. Es folgten Tage der Dunkelheit, bis eines Nachts, wie aus dem Nichts, ein tiefrotes Feuer inmitten des Blizzards entbrannte und die stürmischen Winde bremste. Am darauffolgenden Morgen hatte sich der Sturm vorerst verzogen und man fand einen verkohlten Kadaver im Wald liegen. Seither verbrennen wir jährlich ein erlegtes Wildschwein auf dem Scheiterhaufen – dieses Ritual soll die Kälte aus der Siedlung treiben und dem entsetzlichen Fluch trotzen.«

» Wieso seid ihr nicht weitergezogen? In einen anderen, tiefergelegenen Wald meine ich «, fragte Marin erschüttert.

» Einige Bewohner versuchten es, die Siedlung zu verlassen. Doch jene wurden kurz darauf allesamt tot in der Nähe der Waldgrenze aufgefunden «, vollendete der Älteste die Geschichte mit düsterer Stimme.

Plötzlich bekam Sven panische Angstzustände und suchte erneut die Nähe seiner Mutter, die versuchte ihm einzureden, dass das Ritual helfen würde. Edna betonte dabei, wie wichtig das Rosenfeuer gegen den Fluch sei und dass es die eigene Schuld der Bewohner war, aus welcher sich eine unumgängliche Pflicht entwickelte.

Doch Donna war offenbar anderer Meinung, denn sie merkte an, wie wenig sie von diesem Fluch hielt und eigentlich gar nicht daran glauben wollte.

» Ein Fluch? Nein, meine Liebe, das ist kein Fluch. Das ist nur die Welt, die zurückzahlt, Zins um Zins. Und sie vergisst nie, wer noch Schulden hat. «

» Frag die Toten, ihre Schreie verlauten es doch! «, schoss Edna sofort gegen sie.

» Manche Gräber sind eben tiefer, als der Schaufel lieb ist «, mischte sich Rolf ein und ließ seine Worte in der kühlen Tagesluft hängen.

» Was wir sehen, ist nur das, was das Licht uns zeigt. Was im Schatten lauert, gehört einer anderen Wahrheit an «, konterte Donna.

» Einer Wahrheit, die deine kleinen Augen nicht ertragen können «, behauptete Edna verbittert.

Ein wahnwitziger Streit zwischen den beiden verrückt geglaubten Damen entfachte, an dem sich keiner der anderen Bewohner so recht beteiligen wollte.

Marin zog sich währenddessen aus der Versammlung zurück, denn er konnte ein merkwürdiges Geräusch aus der nahegelegenen Scheune wahrnehmen, begleitet von einer unerklärlichen Wärme, die ihn anzog.

Das brachte ihm wieder das rothaarige Mädchen in den Sinn, das wie vom Erdboden verschluckt schien. Sie war die Einzige, die bei der Versammlung fehlte, auch wenn Marin nicht einmal wusste, ob sie überhaupt ein fester Teil der Gemeinschaft war. Doch irgendwie schien es ihm, als wäre sie gar nicht so weit entfernt, wie angenommen.

Still und heimlich schlich er sich zur Scheune und stellte fest, dass die Eingangstür einen Spalt offenstand. Vorsichtig trat er näher, sich ständig vergewissernd, dass ihm niemand folgte. Mit jedem Schritt wurde ihm behaglicher und als Marin die Scheune betrat, offenbarte sich ihm die Quelle dieser ausströmenden Wärme.

Tatsächlich war es das Mädchen namens Ria, die ihm einladend entgegentrat. Das Mädchen sagte kein Wort, sondern blickte Marin nur tief in die Augen, während sie stetig näherkam, bis sie direkt vor ihm stand und ihr rotes Haar sich über ihre Schultern ausbreitete.

Behutsam strich sie mit ihrem Daumen über seine Stirn, und einen Augenblick später hob sie sich auf Zehenspitzen und küsste ihn dann sanft auf diese Stelle.

Marin wehrte sich nicht - er war wie verzaubert, unfähig, einen klaren Gedanken zu fassen. Ihre Berührung fühlte sich sowohl beruhigend als auch befreiend an.

» Du solltest nicht hier sein «, wisperte Ria schließlich und trat einen vernünftigen Schritt zurück.

» Wie meinst du das? «, fragte Marin verwirrt und konnte den Blick nicht von ihr abwenden.

» Hier geschehen die grausamsten Dinge, merkwürdige Ereignisse «, antwortete sie etwas verängstigt.

Marin wollte unbedingt mehr erfahren, doch dann hörte er von draußen Ednas näherkommende Stimme, wie sie sich immer noch aufregte. Gewichtige Schritte ließen vermuten, dass auch Sven bei ihr war.

» Geh jetzt «, flüsterte Ria eindringlich und verschwand dann in den Schatten der Scheune, als wäre sie ein Teil von ihr.

Marin blieb noch einen Moment stehen, ehe er sich schwerfällig umdrehte und zurück zu den anderen ging. Er begriff, dass diese Begegnung mit Ria kein Zufall war und die Geheimnisse der Siedlung tiefer reichten, als er bisher vermutet hatte.

Kapitel V

BEI STILLE UND NEBEL

Noch bevor sich der Tag richtig entfalten konnte, verdunkelten schwarzgraue Wolkenfronten den Himmel und erste Regentropfen kündigten ein Unwetter an. Der Kreis der Gemeinschaft war inzwischen deutlich kleiner geworden, nur noch bestehend aus Elvan, Rolf und seiner Frau. Marin war auf dem Weg, sich ebenfalls wieder dazu zu gesellen.

» Da is‘ er ja wieder «, rief ihm Rolf entgegen, während er sich noch einzelne Brotkrümel von der behaarten Oberlippe leckte. Hab‘ schon gedacht, du hättest dich verlaufen. «

» Ich musste mich kurz übergeben, hab wohl die Suppe nicht gut vertragen «, ließ sich Marin spontan als Ausrede einfallen, ohne daran zu denken, dass die verantwortliche Köchin noch immer anwesend war. Es war ihm äußerst unangenehm zu lügen, denn eigentlich bekam ihm Donnas pikante Suppe hervorragend. Aber er konnte ja schlecht erzählen, was ihm wirklich passiert war, zumindest nicht vor den Erwachsenen.

» Dass du uns jetzt ja nicht krank wirst, so kurz vor der Jagd «, befürchtete Rolf. » Bei Dämmerung wollen wir starten. «

Donna fühlte sich schuldig und kramte in ihrem Beutel nach ein paar getrockneten Kräutern und einer kleinen Wurzel.

» Hier, mein Kind, das ist Engelwurz. Lass mich etwas Wasser aufkochen, dann bereite ich dir einen heilenden Tee zu. «

» Danke, nicht nötig «, wehrte Marin ab. » Es geht schon wieder. «

Er wollte der guten Frau keinen zusätzlichen Aufwand bescheren, doch seine Antwort wirkte auf Donna eher, als wäre sein Vertrauen in ihre Kochkünste nicht mehr vorhanden, was sie noch mehr kränkte.

Der Regen wurde zunehmend heftiger und ein vorlautes Donnern bewegte die Versammelten dazu, schnurstracks aufzustehen und in ihre Heime einzukehren. Während Rolf und Donna sich in ihre einstöckige Holzhütte zurückzogen, blieben die beiden Jungen noch einen Moment am Lager.

Beide waren anscheinend noch gesprächsbedürftig und weil Elvan vermutete, dass Marin vorhin nicht die Wahrheit erzählte, bot er ihm an, sich zu äußern. » Wenn du willst, kannst du mir erzählen, wo du dich wirklich herumgetrieben hast. «

» Ich habe sie getroffen, Ria meine ich «, gestand Marin nun ganz offen, » sogar mit ihr gesprochen. «

Elvan hatte bereits befürchtet, dass es schon wieder um dieses rothaarige Mädchen ging, aber außer seinen Freund erneut zu warnen, konnte er ihm nicht weiterhelfen. Doch das verlangte Marin überhaupt nicht von ihm – für ihn war es Hilfe genug, ihm ein offenes Ohr zu schenken und ihn über die geheimnisvollen Geschehnisse in der Siedlung aufzuklären.

Er wollte Elvan erzählen, dass die Begegnung rein zufällig geschah, doch es wäre gelogen zu behaupten, dass er es sich innerlich nicht so gewünscht hatte.

» Pass bloß auf, dass sie dich nicht mit einem Fluch belegt «, scherzte der Jungjäger und meinte es dennoch ernst.

Ein kurzes Schweigen trat ein, doch um der unangenehmen Stille zu entkommen, wechselte Elvan das Thema.

» Weißt du, manchmal wünsche ich mir, wir wären in unseren Wegen nicht so eingezwängt von Bäumen und Bergen, sondern frei wie die Vögel. «

Marin schaute ihn neugierig an. » Frei wie die Vögel? Wohin würdest du denn fliegen wollen? «

Elvan lächelte unverzagt. » Ich habe Geschichten gehört, Marin. Es soll einen See geben, an dem man beobachten kann, wie die Sonne im Wasser versinkt - ein unendliches Blau, das sich mit dem Himmel vereint. Sie nennen es ‚*das Meer*'. «

Marin lauschte gespannt - die Vorstellung eines solchen Ortes weckte in ihm eine tiefe Sehnsucht.

Elvan schien seine Gedanken zu lesen.

» Aber das ist ein Traum für einen anderen Tag «, sagte er sanft.

Dann riet er Marin, sich vor der Jagd noch ein wenig hinzulegen.

» Wir holen dich ab, sobald der Regen nachgelassen hat und es etwas dunkler geworden ist. «

Die Hemden der beiden waren bereits komplett durchnässt und so entschieden sie sich ebenfalls für den Rückzug aus dem Freien.

Marin machte sich auf den Weg zur Hütte seines Großvaters und beobachtete dabei, wie Elvan sich eines der mitteldichten Zelte als Unterschlupf sicherte. Dabei realisierte Marin erst, dass vor seiner Ankunft wohl Elvan im Dachboden seines Großvaters geschlafen hatte – das würde zumindest die eingedrückte Strohmatratze erklären.

Zurück in Benos Hütte war Marin wieder allein, denn sein Großvater hinterließ wieder einmal keine Hinweise, wo er sich gerade befand. Nur eine alte, viel zu große Jacke lag auf einmal vor der Dachbodentreppe. Er ging davon aus, dass sein Großvater ihm diese für den nächsten Waldausflug leihen würde. Wie großzügig von ihm, war es doch inzwischen beträchtlich kühler und niederschlagsreicher geworden.

Die Tür zu Marins Linken war noch immer verschlossen, also sprang er schnell die Leiter hoch und verzog sich in sein Zimmerchen. Die vielen Regentropfen, die auf das Dach über ihm prasselten, lösten zunehmend mehr Unrast als Beruhigung aus.

Marin tat sich äußerst schwer einzuschlafen, schossen ihm doch die ganze Zeit ungereimte Gedanken durch den Kopf. Vor allem die Begegnung mit Ria beschäftigte ihn, doch auch an Elvans warnende Worte erinnerte er sich ständig.

Zuerst erfuhr er, dass die Siedlung verflucht sei und nun sollte auch er sich selbst vor einem drohenden Fluch durch dieses Mädchen schützen? Doch war es dafür nicht längst zu spät? Schließlich stand er ihr in der Scheune direkt gegenüber, wechselte ein paar Worte mit ihr und dann berührte sie ihn, küsste ihn sogar auf die Stirn.

Marin wusste nicht, inwieweit er den Bewohnern Glauben schenken konnte, aber er verließ sich auf seinen Großvater und auch Elvan schien ihm nur Gutes zu wollen. Allerdings gab es auch keinen wirklichen Grund, dem Mädchen weniger Vertrauen zu spenden, denn immerhin sprach sie ebenfalls eine deutliche Warnung aus. Unbemerkt vergingen Stunden, während Marin sich den Kopf über die gegebene Situation zerbrach.

Draußen senkte sich die Abenddämmerung über den Wald, während der Regen allmählich abebbte. Wie befürchtet, hatte Marin kein Auge zugemacht, als er zuerst dezente Schritte und anschließend ein zivilisiertes Klopfen an der Haustüre hörte. Blitzschnell hüpfte er in seine harten Schuhe und schnappte sich die Jacke, welche ihm sein Großvater hinterlassen hatte, um nachzusehen, wer ihn vor der Hütte erwarten würde.

Als Erstes starrte ihm Sven mit seinem Speer entgegen, gefolgt von Rolf, der eine Muskete geschultert bei sich trug.

» Na, bereit zur Jagd? «, fragte er mit einem breiten Grinsen. Marin nickte zögerlich, eine Mischung aus Aufregung und Nervosität durchströmte ihn.

» Merke dir, bei der Jagd leise und geduldig zu sein…«, sagte Rolf. » Diese Borstenviecher sind flink und bedrohlich, wenn sie in die Enge getrieben werden. «

Dann trat auch Elvan der männlichen Gruppierung bei, ebenfalls bewaffnet mit einer deutlich leichteren Feuerwaffe, einer zierlichen Arkebuse.

» Wir müssen ein Wildschwein erlegen, bevor die Nacht zu tief wird «, erläuterte er, während er seinen Filzhut vom Haupt nahm und aus dessen Einhüllung versteckte Munition hervorholte.

Elvan befüllte seine Hakenbüchse mit einer Patrone, aber den geknickten Hut setzte er nun Marin auf. Er wirkte dabei jedoch etwas angespannt, denn auch er fand vermutlich nur wenig Ruhe während der letzten Stunden.

Marin hielt es für angebracht, seinem Kameraden anzubieten, das Strohbett abwechselnd zu teilen. Doch Elvan verzichtete und meinte lächelnd:

» Lass uns darum wetteifern – wer das Wildschwein erlegt, darf heute dort schlafen. «

Die beiden einigten sich darauf und meldeten sich anschließend bei den reiferen Männern als aufbruchbereit.

Beim Betreten des Waldes sichteten sie einen Waldkauz, reglos auf einem tiefhängenden Ast sitzend, dessen Augen golden funkelten. Getrübte Nebelschleier zogen auf und verdichteten die Bäume in ein schummriges Licht.

Möglichst leise streiften sie zu viert durch Farn und Moos. Marin folgte Elvans verschlissenen Schuhen und bildete somit gezwungenermaßen das Schlusslicht der Gruppe.

Wie aus dem Nichts überkam ihn ein unwohles Gefühl und er bildete sich ein, verfolgt oder zumindest beobachtet zu werden. Er drehte sich nicht um, da er ohnehin kaum erkennen konnte, was vor ihm geschah. Deshalb schob er das beunruhigende Gefühl beiseite und tat es als Einbildung ab.

Die Männer folgten dem Pfad, bis er sich maßgeblich entzweite. An der Kreuzung beschlossen sie, sich in zwei Gruppen aufzuteilen: Marin durfte Rolf begleiten, während Elvan mit Sven weiter voranschreiten sollte.

Mucksmäuschenstill folgte Marin Rolf bis zu einer beliebten Abschussstelle. Dort positionierten sie sich geräuschlos und verweilten, aufmerksam lauschend und beobachtend. Die Stille war überwältigend. Zwischen Rolf und Marin gab es nur flüchtige Blicke, keine Worte.

Marin juckte es an den Knien, doch er wagte es nicht, sich zu bewegen, nicht einmal eine Hand zu rühren. Selbst beim Atmen war er vorsichtig und traute sich kaum, vollständig auszuatmen, um das mögliche Schwarzwild nicht zu verscheuchen.

Irgendwann flüsterte Rolf auf einmal, dass er sich über Marins Anwesenheit sehr freue und dessen Jugend der Siedlung einen neuen Wind einhauche, genau wie es Elvan damals getan hatte.

Marin wusste nicht recht, wie er auf dieses erwartungswidrige Kompliment antworten sollte. Am liebsten wäre ihm gewesen, gar nicht weiter darauf einzugehen. Doch irgendwie mochte er Rolf, befand ihn für durchwegs anständig und wollte ihn deshalb nicht leer dastehen lassen.

Gerade als Marin seinem Begleiter antworten wollte, konnte er in der Ferne der Dunkelheit ganz schwach die Umrisse eines Ebers erkennen. Als er Rolf leise darauf aufmerksam machte, zögerte dieser keine Sekunde und zielte mit seiner Muskete geradewegs auf das sich nähernde Wildschwein.

Alles schien angerichtet, doch gerade als Rolf den Abzug betätigen wollte, ertönte in der Nähe ein dumpfes Geräusch, das den Eber sofort zur Flucht verleitete.

Ein schmollendes Jammern folgte dem Geräusch und Rolf war zutiefst verärgert über die vertane Chance. Das Gejammer aus der Nähe wurde lauter, also eilten Marin und Rolf sofort in Richtung des Geschehens.

Dort trafen sie auf einen heulenden Sven, der sich mit beiden Händen die Augen zuhielt und vor sich hin greinte. Vor ihm lag ein lebloser Körper mit geöffneten, aber verwelkten Augen.

Es war Elvan, der sich nicht mehr regte und wohl durch eine Kopfverletzung elendig zugrunde gegangen war. Darauf verwies zumindest das geronnene Blut, das massenweise aus seinem Schädel floss.

Kapitel VI

REQUIEM DER SÜNDER

Marin spürte, wie eine panische Welle der Trauer über ihn hereinbrach.

» Das darf nicht wahr sein «, wimmerte er fassungslos.

Sein neugewonnener Freund, den er gerade erst kennengelernt hatte, lag nun leblos vor ihm. Rolf kniete sich neben Elvan und versuchte verzweifelt, ihn wiederzubeleben, doch es war vergeblich. Die kritische Wunde am Schädel ließ dem Jungjäger keine Chance zu überleben.

Die Jagd war zu einem blutvergossenen Albtraum geworden, aus dem es kein Erwachen gab. Sven stand abseits und murmelte unverständliche Laute, während Rolf seine Tränen nicht zurückhalten konnte. Marin fühlte sich hilflos und verloren. Erstarrt vor Schock, fiel es ihm schwer, seine gegenwärtigen Gefühle einzuordnen.

Marin fragte Sven ganz erschüttert, wie das passieren konnte, doch wie erwartet antwortete er nicht. Stattdessen heulte er ununterbrochen weiter und hielt sich weiterhin beide Hände über das Gesicht. Deswegen forderte Rolf erneut, etwas halblaut und eindringlich:

» Beruhig dich, Sven, und hilf uns zu verstehen! «

Sven schüttelte nur seinen markanten Kopf, zeigte dann aber auf den haltlosen Baum über ihnen und anschließend auf einen dicken Ast, der neben Elvan lag.

An der stumpfen Spitze des Zweiges konnte man eindeutig Blutspuren erkennen und daraus schlussfolgerte Rolf, dass der Ast wohl morsch gewesen sein musste und unheilvoll auf Elvans Hinterkopf geprallt war. Auch wenn Marin es nur schwer akzeptieren konnte, handelte es sich bei Elvans Tod angeblich um einen tragischen Unfall.

Unfassbar, wie abrupt ein Leben enden konnte und wie unverhofft die Welt danach erschien. Trotzdem brachte es nichts, in der Dunkelheit des Waldes Wurzeln zu schlagen, weshalb die Herren rasch in die Siedlung zurückkehren wollten.

Rolf packte Elvans Leiche an den Beinen und signalisierte Sven, den Oberkörper zu tragen. Indessen wurde Marin beauftragt, die waidmännischen Waffen zu bergen. Zusammen trugen sie den Verstorbenen heimwärts, während Marin ihnen zurückhaltend hinterher watschelte.

Dieses Ereignis war für niemanden angenehm zu ertragen, besonders für Marin ein grausamer Schreck. Er hatte Elvan nicht lange gekannt, doch aufgrund dessen Alter und seiner Offenheit hatte er sich zumindest erhofft, daraus eine gleichaltrige Freundschaft zu schließen.

Doch dies war nun zu unmöglichem Wunschdenken geworden, gab es außer ihm in der Siedlung nur noch dieses rothaarige Mädchen im selben Alter. Ob das Mädchen vielleicht etwas mit dem tödlichen Geschehen zu tun hatte? Schließlich hatte Elvan Marin noch gewarnt, er solle sich von ihr fernhalten.

Möglicherweise hatte sie das Gespräch zwischen den Burschen mitbekommen und sich nun für die unschönen Aussagen gerächt?

» Nein, das ist nicht möglich «, dachte sich Marin völlig aufgelöst zurecht. » Dazu wäre sie niemals fähig.«

Zu ihm war das Mädchen doch so lieb und in ihr war keine Wut, kein Hass und auch sonst keinerlei bedenkliche Emotionen zu erkennen.

Als sie in der Siedlung ankamen, legten die trauernden Männer den Leichnam auf den kahlen Feldboden und Marin übergab die Waffen in Rolfs Obhut.

Die Bewohner erfuhren sofort von dem Unheil und auch Beno wurde umgehend über den schrecklichen Vorfall in Kenntnis gesetzt. Sie begutachteten den toten Körper, während Rolf versuchte dem Ältesten einigermaßen zu erklären, wie das Unglück vermutlich vonstattengegangen war.

Als Sven wiederholt zu flennen begann, gab seine überreizte Mutter merkwürdige Bemerkungen von sich.

» Das ist das Schicksal, das uns ereilt - dem Fluch wehrlos ausgeliefert. «

Keiner der Anwesenden schenkte ihren Worten Gehör oder traute sich, darauf zu antworten. Den Bewohnern waren die Umstände im Moment zu heikel und ein Streitgespräch mit Edna endete meist unversöhnlich.

Obwohl der Tag anbrach, blieb der Morgen trübe und diesig. Genau wie die aufkommende Dämmerung, erschien die bizarre Lage für Marin unwirklich.

Rolf und seine Frau trösteten sich gegenseitig, auch wenn Donna dabei leer und abwesend wirkte. Anscheinend war sie von Elvans Ableben nur bedingt bestürzt oder sie war es gewohnt, unbeteiligt zu reagieren.

Aufgrund der Jagdversäumnisse kam erneut Unruhe auf und Edna lieferte die entscheidende Idee.

» Anstelle der Wildsau werden wir Elvan im Ritual anbieten. «

» Was?! «, entfuhr es Marin entsetzt. » Das könnt ihr nicht ernst meinen! «

Edna jedoch beharrte auf ihren Vorschlag und erläuterte mit wahnsinnigem Glitzern in den Augen:

» Der Fluch muss gebrochen werden, koste es, was es wolle. «

Beno stand derweil schweigend am Rande der Versammlung und betrachtete die Szene mit finsterem Blick. Schließlich trat er vor und hob die Hand, um die aufgebrachten Stimmen zu beruhigen.

» Die Wahrheit ist ein zweischneidiges Schwert. Es schneidet den, der es ausspricht, ebenso wie den, der es hört «, sagte er schlichtend. » Wir werden Elvan auf den Scheiterhaufen legen, aber nicht als heiliges Opfer, sondern um ihn würdig zu bestatten und die Rosenfeuernacht zu ehren. «

Marin spürte die Entschlossenheit seines Großvaters und erwog, dass auch er nicht vollends an einen Unfalltod glaubte. Selbst die restlichen Siedler wurden von einer gewissen Skepsis getrübt, aber wahrscheinlich wollten sie es einfach nicht wahrhaben. Ein unterzeichnendes Raunen ging durch die Menge, woraufhin Rolf den Leichnam in ein weißes Leinentuch wickelte und ihn anschließend auf den gerichteten Holzstoß legte.

Auch Ria, das rothaarige Mädchen, war anwesend und trauerte still um den gefallenen Siedlungsbewohner. Ihre tiefe Betroffenheit war deutlich sichtbar. Dabei floss ihr sogar eine Träne aus dem linken Auge, die zuerst durch ihr Gesicht und dann zu Boden tropfte.

Dies bestärkte Marins Glauben, dass Ria nichts mit Elvans Tod zu tun hatte, sondern sogar ausgesprochen traurig darüber war. Eine ergreifende Tragödie, die der Gemeinschaft jegliche Hoffnung raubte. Dennoch konnte er sich nicht damit abfinden, den Tod seines Kameraden vorschnell als Unfall abzustempeln.

Irgendetwas stimmte nicht - es roch abscheulich nach Vertuschung und ein mörderisches Verbrechen hing in der Luft. Der Täter glaubte womöglich, dass ein Menschenopfer notwendig sei, um den Fluch zu brechen.

In Marins Innerem verdichtete sich der Verdacht, dass der Schuldige vielleicht jemand war, dem er anfänglich vertraut hatte. Er grübelte tief in seinen Gedanken nach den Vorzeichen für die verletzende Tat und plötzlich entdeckte er ungeahnt die vermeintliche Tatwaffe direkt vor ihm.

Auf dem Scheitholzstapel hatte sich ein kompaktes Brett hinzugesellt, das zwar nicht so umfangreich war wie der Ast, auf den Sven zuvor gedeutet hatte, aber dennoch auffällig genug, um Marins eingeschränkte Aufmerksamkeit zu erregen.

Das Brett war reichlich mit blutigen Flecken übersät und ein rostiger Nagel ragte daraus hervor, ebenfalls mit Blut getränkt. Die Blutspritzer konnten zwar auch woanders herstammen, aber die Tatsache, dass das Brett frisch auf dem Holzhaufen lag, machte die Sache noch verdächtiger.

Marin durchforstete gedanklich die Reihen der Bewohner auf der Suche nach möglichen Verdächtigen und etwaigen Motiven. Doch ohne tiefere Einblicke in die Beweggründe der anderen, fehlten ihm die notwendigen Kenntnisse, um die Tat zu verstehen. Außer ihm selbst und Rolf, der die ganze Zeit bei ihm war, könnte es theoretisch jeder gewesen sein.

Während er das Brett erneut überprüfte, fiel ihm plötzlich ein schwarzer Abdruck an dessen Kante auf. Ein Schauer durchfuhr ihn und sein Herz schien in der Brust stillzustehen. Denn ein ähnlicher Fleck war ihm bereits bei seiner Anreise aufgefallen, nämlich auf der beschmierten Namenskarte, die ihm Sven überreichte.

Was er zuerst für bedeutungslos gehalten hatte, schien doch ein wichtiger Hinweis zu sein, denn der zweite Abdruck konnte kein Zufall mehr sein. Also begann er, die Hinweise miteinander zu verknüpfen und konnte sich letztlich nur Sven als Schuldigen herleiten.

Schließlich war dieser zur Tatzeit in Elvans nächster Nähe gewesen und nur er trug die Bürde, das Geschehene beobachtet zu haben. Sven hätte es sicher mitbekommen, falls noch jemand anderes dort gewesen wäre - aber hätte er es auch kommuniziert? Vielleicht nahm er jemanden in Schutz.

Obwohl er durchaus in der Lage gewesen wäre, Elvan unbeachtet zu überwältigen, ergab es für Marin überhaupt keinen Sinn, Sven als Hauptverdächtigen zu beschuldigen. Immerhin war er doch wegen Elvans Tod durchgehend am Heulen - oder flennte er etwa gerade deswegen?

Es war äußerst fraglich, warum dann das Brett mit dem rostigen Nagel benutzt wurde. Im Grunde genommen hätte er ihn auch mit seinem Speer erstechen können, doch womöglich sollte es wie ein Unfall aussehen.

Um den Tathergang näher zu bestimmen, müsste man die Wunde noch einmal grundlegend begutachten. Allerdings gab es für Marin nun keine einfache Möglichkeit mehr den toten Körper genauer zu untersuchen und vermutlich war das angesichts der zwieträchtigen Umstände auch besser so.

Außerdem war ihm bewusst, dass es gefährlich für ihn werden konnte, jemanden anzuklagen, vor allem ohne Beweise. Deshalb musste Marin seine Vermutungen vorerst beiseitelegen, wissend, dass die Wahrheit weiterhin im Dunkeln schwebte.

Kapitel VII

GEWEIHTE ABENDRÖTE

Die Vorbereitungen für die Rosenfeuernacht nahmen ihren Lauf, doch die Stimmung war von Trauer und Misstrauen überschattet. Der Tod von Elvan lastete schwer auf der Gemeinschaft und jeder schien sich in Schweigen und Argwohn zu hüllen. Marin konnte den Gedanken nicht abschütteln, dass sich unter ihnen ein Mörder verbarg.

Gegen Nachmittag traf der Priester in der Siedlung ein. Pater Lars, ein vertrautes Gesicht für die Bewohner, wohnte nur einige Hügel weiter in einer kleinen Hütte. Obwohl es in der Siedlung keine Kapelle gab, besuchte der Priester den Wald regelmäßig. Bei seiner Ankunft wurde er direkt vom Ältesten empfangen und ehrwürdig begrüßt.

» Eure Anwesenheit ist uns wie immer Trost und Segen «, sagte Beno respektvoll.

Als Edna von der Ankunft des Priesters erfuhr, eilte sie sofort zu ihm und warf sich anbetend vor ihm nieder, um seine Füße zu küssen. Marin beobachtete aus der Ferne, wie der Priester mit Edna sprach. Ihre Haltung war angespannt, und obwohl er die Worte nicht hören konnte, erkannte er den Trieb in ihren Augen.

Pater Lars legte beruhigend eine Hand auf ihre Schulter und sprach: » Sorge dich nicht, gnädige Frau. Die Rosen werden bald brennen. «

Seine ruhige Stimme und seine entschlossene Präsenz schienen den Bewohnern Halt zu geben.

Sven, der seiner Mutter in der Szene beistand, wurde erneut von Angstzuständen übermannt. Als Pater Lars ihm flüchtig in die Augen blickte, wirkte er wie versteinert. Der große Mann wirkte kleiner als sonst und seine Schultern sanken herab.

Der Priester schritt voran, ohne Marin die geringste Aufmerksamkeit zu schenken. Offenbar hatte er ihn mit Elvan verwechselt und dieser hatte bestimmt keine allzu bedeutsame Bindung zum Geistlichen.

Beno musterte seinen Enkel mit prüfendem Blick.

» Marin, dein Anblick gleicht einem halben Hemd, das der Wind mit sich tragen könnte. Du musst dringend mehr essen! «, sagte er besorgt.

Die Sorge seines Großvaters berührte Marin, doch er spürte auch, dass mehr hinter den Worten steckte. Beno sah ihm tief in die Augen und sprach mit ernster Miene weiter:

» Die Zeiten hier sind nicht einfach, mein Junge. Wir stehen vor schwierigen Prüfungen. «

Beno schwieg einen Moment, als würde er überlegen, wie viel er seinem Enkel anvertrauen konnte. Dann sagte er mit Nachdruck:

» Du musst wachsam sein und darfst dich nicht täuschen lassen. Vertraue niemandem! «

Marin nickte, jedoch mit einem mulmigen Gefühl in der Magengegend. Beno lächelte schwach, ein Hauch von Stolz in seinen Augen.

» Gut, mein Junge. Gut so. «

Daraufhin erklärte Beno seinem Enkel die Rolle des Priesters bei der Rosenfeuernacht.

» Für die Bekämpfung des Fluchs ist ein geweihter Priester dringend notwendig. Ohne seiner heiligen Predigt würde es nur einem Hexenritual gleichen. Pater Lars übernimmt deshalb die Rosensegnung des Scheiterhaufens und leitet unsere Gebete durch das Opfer an den Allmächtigen weiter. «

Marin beobachtete den Priester, wie er zum Scheiterhaufen ging und ein paar einzelne Rosen darauf legte, um anschließend mit der Segnung zu beginnen. Nach einer Weile berührte Pater Lars das Holz und begann plötzlich zu zucken – von einer unbekehrten Eingebung war die Rede.

In diesem Moment kam Donna hinzu, um erneut von ihren Einbildungen zu berichten.

Verständlicherweise suchte sie beim Priester nach Antworten. Doch Rolf hielt seine Frau zurück und wollte sie beruhigen, schließlich war sie hochschwanger und durfte sich deswegen nicht allzu sehr aufregen.

Edna drängte sie vom Priester weg und sprach ihm dann eine Einladung aus.

» Pater, es wäre mir eine Ehre, wenn Sie sich nach Ihrer sicherlich anstrengenden Anreise in meiner bescheidenen Unterkunft etwas ausruhen würden. «

Pater Lars nahm das Angebot vergeltend an und folgte ihr mit Sven gemeinsam in ihre Hütte.

Marin bemerkte, dass Ria nicht mehr vor Ort war und wollte sich ebenfalls zurückziehen, um seine Gedanken zu sammeln.

Als er seine Bleibe betrat, hörte er die gedämpfte Stimme seines Großvaters durch einen kleinen Spalt in der Wand. Der Schlitz im alten Holz war so schmal, dass Marin beim Hindurchblicken nur schwer erkennen konnte, mit wem sich sein Großvater unterhielt.

Es war alles ziemlich düster und farblich hob sich sein Großvater kaum von der graubraunen Fassade ab, einzig sein weißes Hemd war deutlich erkennbar. Vor Beno stand offenbar noch eine Person, die Marin weder hören noch sehen konnte, bis die Figur einen seitlichen Schritt machte und auf einmal rote Haare sichtbar wurden.

Marin konnte nicht glauben, was er sah – es war eindeutig Ria und sie war komplett nackt. Hunderte neue Fragen tauchten in Marins Kopf auf, doch er hatte keine Zeit, darüber nachzudenken.

Was wollte sein Großvater von diesem schüchternen Mädchen? Oder war die Gefälligkeit umgekehrter Natur? Marin konnte sich darauf keinen Reim bilden, doch dann erkannte er, wie Beno dem Mädchen ein weißes Leinentuch übergab.

Mehr konnte er nicht beobachten, da er plötzlich verdächtige Schritte wahrnahm, welche aus der offenen Scheune nebenan kommen mussten. Deshalb entschied sich Marin zum Lager zurückzukehren, bevor man ihn beim Spähen erwischen konnte.

Die Bilder von Ria und seinem Großvater gingen ihm nicht aus dem Kopf. Was sollte er jetzt tun? Sollte er jemandem davon erzählen? Doch wem konnte er noch vertrauen? Die Worte seines Großvaters hallten in seinem Kopf wider: » Vertraue niemandem. «

Die Dunkelheit des Abends schien schwerer zu werden, als die Stunden verstrichen und die Dämmerung ihren Kurs nahm. Die Wolken hingen tief und bedrohlich über der Siedlung, als ob sie die Verzweiflung der Menschen widerspiegeln würden.

Donna hatte das Lager kurzzeitig verlassen, um das Festmahl vorzubereiten.

Rolf wandelte zerstreut durch die Siedlung, als er Marins gequälten Ausdruck bemerkte.

» Komm, Junge. Lass uns reden «, sagte er und führte ihn zu einem abgelegenen Platz am Rande der Lichtung.

» Sven hat's schwer «, sagte Rolf unerwartet. » Seine Mutter hat sie nicht mehr alle und nun musste er mitansehen, wie ein Freund verreckt. «

Marin nickte stumm. Ein Stich des Bedauerns traf ihn, als er sich an das Gespräch mit Elvan über das Meer erinnerte. Elvan hatte von Freiheit und Hoffnung gesprochen, doch diese Ziele schienen jetzt weiter entfernt als je zuvor.

Rolf seufzte und fuhr sich durch das Haar.

» Ich hab' viel falsch gemacht, Marin. Mehr, als ich dir jemals erzählen könnte. Ich hab' Fehler begangen, die ich nicht mehr rückgängig machen kann. «

Marin sah ihn an, verwirrt und verwundert zugleich.

» Was meinst du, Rolf? «

» Es ist diese Siedlung, dieser Ort «, begann Rolf, seine Stimme klang schwer und voller Reue. » Ich habe hier zu viel verloren. Freunde, Familie... und jetzt Elvan. Ich wollt' immer stark sein, für die Gemeinschaft. Aber manchmal frag' ich mich, ob das überhaupt noch möglich ist. «

Er hielt inne und schaute in den dunkler werdenden Wald, als ob er dort Antworten finden könnte.

» Ich hab‘ schon seit geraumer Zeit darüber nachgedacht, die Siedlung zu verlassen, aber der Fluch … er hat uns alle im Griff. Meine Frau glaubt zwar nicht daran und drängt mich immer wieder, aufzubrechen. Sie sagt, es sei nur Aberglaube, doch ich weiß es besser. Und selbst wenn sie Recht hätte, könnt‘ ich die Gemeinschaft niemals im Stich lassen. «

Marin versuchte Rolfs Dilemma zu begreifen.

» Es muss schwer sein, ständig zwischen Pflichtgefühl und dem Wunsch nach Freiheit zu stehen. «

Rolf seufzte erneut und schüttelte den Kopf.

» Vielleicht ist das mein größter Fehler. Dass ich es nie versucht habe. Dass ich immer nur gehofft habe, dass sich alles von selbst löst. « Seine Stimme wurde leiser. » Aber die Realität ist oft grausamer als unsere Träume. «

Marin wollte etwas Tröstendes sagen, doch wieder einmal fehlten ihm die Worte. Er verstand nun, wie tief die Verzweiflung in der Siedlung verwurzelt war.

Die Stille zwischen ihnen lastete wie eine schwere Decke auf dem Gespräch, die jedes Wort zu erdrücken schien.

» Du hast den Mut, dich der Wahrheit zu stellen «, sagte Marin schließlich und sah Rolf an.

Rolf schluchzte. » Das ist etwas, was wir alle verloren haben. Vielleicht ist es genau das, was uns von dem abweicht, was uns zugedacht war. «

Marin senkte den Blick und starrte auf den Boden, wo die feuchten Blätter lagen.

» Nur wenige wagen es, den ersten Schritt zu machen «, murmelte er, mehr zu sich selbst als zu Rolf.

» Das stimmt, aber auch wenn um uns herum gerade alles zerbricht, müssen wir unbedingt die Hoffnung bewahren. Für all die, die noch übrig sind «, sprach Rolf überzeugt.

Marin nickte langsam, seine Gedanken wirbelten umher.

» Wenn das alles ist, was uns bleibt, überlassen wir zu viel dem Schicksal. Und mein Vertrauen in die Sterne hält sich in Grenzen. «

Rolf zauderte, seine Augen verdunkelten sich.

» Dann sind wir verloren, Junge. «

Kapitel VIII

FEUER DER ROSEN

Donna saß allein in ihrer kleinen Hütte, den dampfenden Kessel mit gedünsteten Kräutern vor sich. Um ein möglichst ansehnliches Festmahl zuzubereiten, fügte sie die wesentlichste Zutat bedächtig hinzu. Weil die Wildschweinjagd erfolglos blieb, musste sie notgedrungen auf rottiges Fledermausfleisch zurückgreifen. Sie starrte in das brodelnde Wasser, während ihre Gedanken wirr umherwanderten.

» Bedauerlich…«, flüsterte sie in die Stille. » Was ist nur aus uns geworden? «

Sie seufzte tief und griff mit schlotternden Händen nach einem alten Holzlöffel, um in der Suppe zu rühren.

» Rolf... mein geliebter Rolf, was wird aus unserem Kind, wenn dieser Wahnsinn nicht endet? Wird es auch in einem Netz aus Lügen aufwachsen müssen? «

Mit einem letzten Schwenk des Löffels vollendete sie das Mahl, während ihre Zweifel wie bittere Tropfen in die Suppe fielen.

» Und Beno, was verschweigt er uns? Ist er wirklich der weise Hüter, für den wir ihn halten, oder ist er nur ein weiterer Spieler auf der Bühne des Verderbens? «

Geplagt von den Urzeichen des Untergangs nahm Donna den Topf und trat hinaus, bereit, sich dem bevorstehenden Festmahl zu stellen und ihre Rolle in diesem unheilvollen Spiel anzunehmen. In ihrem Herzen trug sie die Hoffnung auf einen Ausweg, auf ein Ende dieses Schreckens.

Zeitgleich kehrten Marin und Rolf zurück und nahmen der schwangeren Donna den schweren Topf ab. Die Bewohner versammelten sich erneut um den Brennholzhaufen, während der Priester ihnen mit frommen Worten beistand. Das geschnittene Feuerholz türmte sich in der Mitte des Lagerplatzes zu einem imposanten Scheiterhaufen auf, an dessen Ende der eingehüllte Leichnam Elvans und die bereits geweihten Rosen brach lagen.

Dessen ungeachtet wurde Marin aufgetragen, den Eintopf gerecht aufzuteilen, wobei eine besonders große Portion für Pater Lars vorgesehen war. Auch ihm selbst schöpfte er eine vernünftige Menge ein und verköstigte diese augenblicklich.

Das einfache Mahl wärmte ihn von innen heraus, wie eine wohltuende Salbe in der immer kälter werdenden Siedlung. Es war nun deutlich kühler als an den vorangegangenen Tagen und Marin war dankbar für die gemütliche Jacke seines Großvaters und Elvans Hut, die er beide immer noch trug.

Während er nachdenklich aß, schweifte sein Blick durch die versammelte Runde. Die Anspannung war greifbar und er wusste, dass er weitere Missetaten durch Verstimmungen vermeiden musste, um die Gemeinschaft zu besänftigen.

Seine Augen ruhten auf dem mampfenden Sven, dessen verstörter Ausdruck von seinen inneren Kämpfen zeugte. Daneben saß seine Mutter, deren äußerliche Gelassenheit wie eine aufgesetzte Maske wirkte. Edna äußerte ihre Unzufriedenheit gegenüber dem faden Eintopf und versicherte den Anwesenden, dass sie sich selbst um die Zubereitung der Nachspeise kümmern würde.

Ria gesellte sich unnahbar zum Festtagsschmaus dazu. Gewandet in einem reinweißen Kleid wohnte sie lautlos der Versammlung bei. Immer wieder warf sie auffällige Blicke zu Marin, als wüsste sie, dass er sie vorhin beobachtet hatte.

Marin hatte inzwischen seine Gedanken etwas besser sortieren können - zunächst hatte er geglaubt, Ria wäre mit seinem Großvater unkeusch geworden. Doch als Beno im selben Gewand erschien, wurde ihm klar, dass Rias Auftritt eine zentrale Bedeutung bei der Rosenfeuernacht spielte.

Am Rand der Versammlung stehend, schien sie keinerlei Appetit zu verspüren. Deshalb vertilgte der begierige Sven auch ihre Suppenration, nachdem ihn seine eigene Portion nur bedingt gesättigt hatte. Als Marin seinen Blick wieder auf Ria richtete, fragte er sich, welche Geheimnisse sie wohl verbarg. Ihr Gesicht war im Schatten kaum zu erkennen, doch ihre Augen glänzten verheißungsvoll.

Rolf, der neben Marin hockte, spürte die Neugierde des Burschen und klärte ihn weiter auf.

» Ria stammt aus einer mystischen Familie, die angeblich eng mit dem Feuer verbunden war. Diese Fähigkeit wird nun auch ihr zugeschrieben und deswegen ist Ria für das Ritual unerlässlich. «

Marin hatte das Rätsel um ihre Herkunft bereits erahnt, sich längst damit abgefunden, das Mädchen als absonderlich einzustufen.

» Was geschieht nun als nächstes? «, fragte er den zuvorkommenden Holzfäller.

Rolf blickte ernst und er wurde mürrisch:

» Nicht so ungeduldig, Junge! Wir warten, bis die Nacht anbricht. «

Doch Marin blieb skeptisch. » Was soll die Nacht schon bringen, außer Dunkelheit und Leere? «

» Die Nacht ist nicht leer. Sie ist angefüllt mit all den Seelen, die zu laut sind für das Tageslicht. Und ja, Dunkelheit ist was wir brauchen, denn sonst können wir sie nicht vertreiben «, erwiderte Rolf grimmig und drehte sich dann zur Seite.

Aufgrund der anhaltenden Kälte war Marin verleitet, seine Hände in die ausgedehnten Jackentaschen zu stecken. Dort erfühlte er einen kleinen, rundlichen Gegenstand, den er unbemerkt herauszog.

Erstaunt stellte er fest, dass es sich um eine silberne Münze handelte. Er fragte sich, ob diese echt war und wenn ja, wie um Himmels Willen sein Großvater zu solch einem wertvollen Gut gekommen sein könnte.

Jedenfalls entschied Marin, den Fund für sich zu behalten und drehte die Münze langsam um. Ein flüchtiger Gedanke durchzuckte ihn, als er den Silbertaler wendete und auf der Rückseite zum wiederholten Male einen schwarzen Abdruck erkannte.

Sofort schaute er zu Sven – zu seinem Erschrecken erwiderte dieser den Blick mit einer unheimlichen Intensität. Gefangen in Svens ungeheuerlichem Augen, fühlte sich Marin in seinem Befinden zwiegespalten. Eigentlich wollte er niemandem mehr so recht in die Augen schauen, weshalb er seinen gedankenverlorenen Blick gen Boden richtete und die Zeit hadernd abwartete, bis der volle Mond sich zeigte.

Die Nacht brach herein und die ersten Sterne funkelten am Himmel, als die traditionelle Zeremonie der Rosenfeuernacht endlich begann. Pater Lars holte ein gläsernes Fläschchen aus seiner Robe hervor, in dem sich eine gelbbräunliche Flüssigkeit befand. Jeder der Bewohner nahm einen heilenden Schluck des Räubeessigs, welcher zwar scheußlich schmeckte, aber verkühlende Krankheiten fernhalten sollte.

Der Älteste übergab dem Priester eine brennende Fackel, womit der Geistliche bereit war, die Zeremonie anzuführen.

» Wir versammeln uns heute Nacht, um die Dunkelheit zu vertreiben und das Licht der Hoffnung zu entzünden «, predigte er. » Möge das Feuer unsere Seelen reinigen und uns von den Sünden befreien, die uns verfolgen. «

Beno führte die Bewohner in einer betenden Reihe hinter dem Priester her. Sie schritten ehrfürchtig im Kreis um den Scheiterhaufen und beteten andächtig, manche zu ihrem Gott, andere für etwas anderes. Sieben Runden zogen sie um das Holz, ihre Schritte synchron mit ihren Gebeten, bis schlussendlich das Feuer der Rosen entfacht werden durfte.

Pater Lars legte die Fackel auf der oberen Kante des Scheiterhaufens ab und die erfassten Rosen begannen zu glühen – ein süßlicher Duft erfüllte die Luft. Dabei fing neben den geweihten Rosen auch das weiße Leintuch, in dem Elvans toter Körper eingewickelt war, an zu glimmen. Kurz darauf entfaltete sich das Feuer und der Leichnam verbrannte, bevor dieser von Maden oder anderen Aasfressern befallen werden konnte.

» Gott, nimm diese arme Seele in deinen Schutz und befreie uns von dem Fluch, der auf dieser Siedlung lastet «, betete Pater Lars währenddessen laut.

Die Flammen züngelten empor in den Nachthimmel und erhellten die Gesichter der Versammelten, welche den flackernden Schein bewundernd betrachteten. Die Bewohner bejubelten das großartige Feuer, welches in Rekordgröße aufloderte.

Während die Anwesenden die wärmende Hitze des Feuers genossen, beobachtete Marin, wie sich sein Großvater zusammen mit Ria zurückzog, um das finale Ritual vorzubereiten, bei dem es hauptsächlich um das Verlesen von traditionellen und brauchtümlichen Sprüchen ging.

» Hol doch bitte noch das Ritualbuch aus meiner Hütte «, bat er sie leise. » Es liegt auf dem kleinen Tisch in meinem Zimmer. «

Also eilte Ria geschwind in seine Hütte, während Beno inzwischen die klapprige Scheune betrat und die Tür vorsichtig hinter sich zumachte, als wollte er das Geheimnis bewahren.

Auch Edna verschwand für einige Minuten in ihrer Unterkunft, um die angekündigte Nachspeise zuzubereiten. Im Vorhinein wurde schon darüber gemunkelt, welch üble Köstlichkeit sie dieses Mal vorbereitet hatte.

Wenige Minuten später kehrte sie gestresst mit einer Schüssel voller Beerengrütze zum Fest zurück. Verzückt lobte der Priester die üppige Speise, während Rolf und Donna darüber überrascht schienen und deswegen ungläubig dreinblickten.

Marin bemerkte derweil, wie Ria nun mit einem umfangreichen Buch in den Händen ebenfalls in der Scheune verschwand, jener Ort, an dem sie einst aufeinandertrafen.

Die Flammen des Rosenfeuers tanzten weiterhin gemäßigt in die Nacht hinein und die anwesenden Zeugen freuten sich auf den ausklingenden Abschluss des Rituals.

Die Begeisterung wurde aber plötzlich von einem durchdringenden Schrei übertönt, der die Versammelten erschauderte und Edna dermaßen erschrak, dass sie die Schüssel mit der Beerengrütze fallen ließ.

Die Tür zur Scheune öffnete sich und offenbar war es Ria, die den erschütternden Schrei ausstieß. Ihr weißes Kleid war komplett mit Blut getränkt und vor ihr lag ein alter Mann auf dem Bauch.

Es war Beno, ebenso blutbeschmiert wie das Mädchen und in seinem Rücken steckte ein scharfes, silbernes Messer.

Kapitel IX

BLUTIGES INFERNO

Die Gemeinschaft erstarrte in Schock und Panik. Marin fühlte, wie seine Stirn sich verhärtete und sein Herz heftig pochte. Er rannte zur Scheune und sank neben dem erstochenen Beno auf die Knie.

» Großvater! «, rief er verzweifelt.

Doch Beno öffnete seine Augen nicht mehr - sein letzter Atemzug war bereits ausgehaucht.

Marins Augen wurden glasig und er spürte, wie eine Welle der Verzweiflung und des Schmerzes über ihn hereinbrach. Ihm wurde schwindelig und für einen Moment ganz schwarz vor Augen. Marin hörte kurz komplett auf zu atmen, dann fand er seinen Atem wieder und schnaufte tief durch.

Abermals plagten ihn trügerische Gedanken und bizarre Fragen. Sein Großvater tot? Direkt vor seinen Augen ermordet? Dieses Mal gab es nicht den geringsten Zweifel, dass es sich um eine Bluttat handelte.

» Sie hat ihn umgebracht! «, rief Edna mit felsenfester Überzeugung und zeigte rechtgläubig mit dem Finger auf Ria. » Unseren Ältesten ... kaltblütig niedergestochen. «

Die Angeklagte antwortete nicht, eine eisige Kälte zeichnete ihr blasses Gesicht. Wie eingefroren stand Ria im blutbeschmierten Kleid vor der Scheune, entseelt und ausdruckslos.

Pater Lars, dessen Mimik Zorn und Entsetzen widerspiegelte, stimmte den offensichtlichen Anschuldigungen zu.

» Dieses abscheuliche Verbrechen darf nicht ungestraft bleiben «, verkündete er mit fester Stimme und verlangte die sofortige Festnahme des Mädchens.

Die anwesenden Herren zögerten nicht lange und handelten wie befohlen, wirkten dabei wie fremdgesteuert. Rolf und Sven packten Ria grob an den Armen, während sie regungslos blieb. Ihr Blick war starr, ihre Lippen blutleer und verschlossen.

Der ganze Platz war erfüllt von flüsternden Stimmen und entsetzten Grimassen, während sie Ria in die Mitte des Lagerplatzes schleppten. Sie wehrte sich kaum, zitterte aber wie ein Blatt im Wind.

» Bindet sie an das Holz - der Allmächtige wird über sie richten «, ordnete Pater Lars an und lockerte dafür zweckgemäß das Zingulum seiner Robe.

Die Männer brachten sie zum Scheiterhaufen und banden sie an einer Stelle fest, die bisher noch vom Feuer verschont geblieben war. Marin konnte nur entgeistert zusehen, wie sie das Mädchen mit dem ausgefransten Seil fesselten.

» Sie soll brennen! «, forderte Edna mit weit aufgerissenen Augen.

Von ihrer Besessenheit getrieben, huschte sie rücksichtslos an Ria vorbei und spuckte ihr auf die Brust.

Donna konnte die Vorstellung nicht ertragen, während sie sich an ihre abundanten Erleuchtungen erinnerte. Verzweifelt versuchte sie das Vorhaben zu unterbrechen und bettelte:

» Lasst das Mädchen los! Was ihr da macht, ist purer Wahnsinn und wird euren Untergang zur Folge haben.«

Doch außer ihr gab es niemanden, der das Mädchen verteidigte oder die Anschuldigungen in Frage stellte.

Selbst Marin war überzeugt, dass Ria nicht unschuldig war. Wer sollte es denn sonst gewesen sein? Die Zweifel nagten an ihm, doch die überwältigende Wut und Verzweiflung ließen keinen Raum für Gnade. Seine Gedanken rasten, während er die Szene fassungslos beobachtete - unfähig, sich zu bewegen.

Noch immer gab das Mädchen keine Äußerungen von sich - einzig die unausweichliche Beklemmung war ihrer Visage zu entnehmen.

Wehrlos stand sie da, gefesselt an das spröde Seil im blutbefleckten, weißen Kleid. Überheblich trat der Priester vor sie und schlug ihr mehrmals ins Gesicht, was Ria schließlich zum Weinen brachte.

Die anderen Bewohner verfolgten das Geschehen mit wachsender Anspannung. Edna ließ sich die Vorstellung nicht nehmen, dem Mädchen weitere Schmerzen zuzufügen. Also hob sie einen kantigen Stein auf und warf ihn wuchtig gegen Rias Fratze.

Als wäre das nicht brutal genug gewesen, riss der Priester an ihrem Kleid, bis es von ihrem Körper wich. Nun befand sich das rothaarige Mädchen, völlig entblößt und schutzlos, auf dem Scheiterhaufen, den Blick auf das Feuer gerichtet. Die Demütigung und Grausamkeit, die Ria erleiden musste, waren unvorstellbar.

Die Menge um sie herum reagierte unterschiedlich auf das grausame Schauspiel. Manche schauten erzürnt zu, empört von dem Verbrechen. Andere wendeten ihre Augen ab, unfähig, das Leid weiter mit anzusehen.

Doch keiner der Anwesenden wagte es, einzugreifen. Die Unerbittlichkeit der selbsternannten Richter glich einem unbarmherzigen Urteil, das jede Möglichkeit der Vernunft verblassen ließ.

Die Flammen warfen bedrohliche Schatten auf Rias Gesicht und das Knistern des Feuers vermischte sich mit dem gedämpften Murmeln der Menge. Es war ein armseliger Anblick, der sich tief in Marins Seele brannte.

Der Priester sprach leise, eindringliche Gebete aus und wartete fanatisch auf eine Eingebung des Schöpfers, die ihm angeblich bald zuteilwurde.

» Verbrennt das Luder! «, befahl er anweisend.

Daraufhin traten Rolf und Sven vor, und legten jeweils eine brennende Fackel vor die Füße des Mädchens. Edna, fast erfreut von der Tätigkeit, platzierte weitere Kienspäne auf dem Scheiterhaufen und schubste Ria infolgedessen mitleidlos in das glutheiße Geäst.

Ein durchdringender Schrei des Schmerzes entfuhr dem Mädchen, doch sie rappelte sich wieder auf und zwang sich, dem brennenden Leiden zu widerstehen, ihre Anspannung ungebrochen.

Die Hemmungen von Abscheu zerfressen und tief vom inneren Konflikt zerrissen, griff Marin ebenfalls nach einer Fackel und blickte Ria vorwurfsvoll in die verweinten Augen. In ihm brodelte die Unsicherheit und das Misstrauen.

» Wieso??? «, schrie er sie voller Wut und Schmerz an.

Er konnte den intensiven Blickkontakt nicht lange aufrechterhalten, verspürte Trauer, Hass und Enttäuschung zugleich. Tränen traten in seine Augen, als er das brennende Holz niederlegte und den Blick abwandte.

Die Flammen wurden zunehmend größer und erste Feuerböen berührten die unbedeckte Haut des Mädchens. Mit einem unbändigen Brausen begann das tobende Feuer, Ria zu umschließen. Ihre Schmerzen mussten unvorstellbar gewesen sein, denn dementsprechend wehmütig schrie sie.

Die Jammerlaute hallten durch die Siedlung und ließen das Blut in den Adern der Bewohner gefrieren. Je lauter ihre Schreie, desto gewaltiger wuchsen auch die Flammen, die schließlich sogar den Waldboden erreichten. Ein Klang des Elends brannte sich in die Herzen der Schaubegierigen, während das Feuer wütend loderte und das jämmerliche Schicksal des Mädchens besiegelte.

Rote Partikel durchdrangen den pechschwarzen Rauch und verfärbten ihn in eine unheilvolle, rötliche Wolke, die über der Siedlung schwebte.

Das Feuer machte nicht Halt, wütete unaufhaltsam weiter. In einem unvorsichtigen Moment wurde auch der Priester von der feurigen Lohe erfasst. Mit ächzenden Schreien versuchte er, der Feuersbrunst zu trotzen, doch es half nichts. Er war von fiesen Feuersäulen umzingelt, welche sein Geplärre bald im Brand erstickten.

Weder Rolf noch seine schwangere Frau blieben vom Flammentod verschont - beide wurden von der verheerenden Feuerwalze gefressen. Rolf schrie um sein Leben und das seiner Frau, verzweifelt um das ungeborene Kind flehend, während die Flammen gnadenlos über sie hinwegfegten.

Im Gegensatz dazu blieb Donna vollkommen leise, als ob sie keinen Schmerz empfand. Im letzten Moment ihrer Existenz erfüllte sich ihre unentrinnbare Vorhersehung und je nach Betrachtungswinkel lockte dies sogar ein leichtes Lächeln in ihr hervor.

Edna versteckte sich hinter ihrem großen Sohn, der sich breit und schützend vor sie stellte. Jedoch wurde Sven direkt vom erbarmungslosen Feuer erwischt und entflammte augenblicklich. Zuerst blieb er hartnäckig und kämpfte gegen die sengende Hitze an, doch schließlich zwangen ihn die Flammen sogar, seine Verschwiegenheit aufzugeben und leidvolles Wehklagen entwich seiner Kehle.

» Maaah … aama. «

In seinen letzten Momenten fand er doch noch einmal den Willen, ein Wort auszustoßen, das ihm etwas bedeutete und seiner Mutter gelten sollte.

Das gellende Gekreische von Edna überschallte alles andere - die scheußlichen Töne erinnerten an das Rupfen und Schlachten von Hühnern. Dann verkohlte auch sie mit ihrem Sohn zusammen, während immer mehr Bäume im Wald zu brennen begannen.

Der Waldbrand breitete sich rasant aus und bald schon wurden auch die hölzernen Gebäude von dem unkontrollierbaren Feuersturm zerstört. Dunkelroter Rauch stieg in dichten Schwaden auf, während die Hitze unerträglich stickig wurde.

Marin musste mitansehen, wie das Feuer um sich gegriffen alles Weitere verschlang und die gesamte Siedlung in ein flammendes Inferno verwandelte.

Die verzerrten Schreie der Verbrannten hallten noch immer durch seine Ohren, während er schwer-atmig versuchte, sich den bestialischen Flammen zu entziehen.

Letztendlich wurde Marin von der Erschöpfung überwältigt, verlor sein Bewusstsein und brach ohnmächtig unter dem Höllenfeuer zusammen.

Kapitel X

ASCHE ZU ASCHE

Verrußte Luft zog durch die Siedlung und ein verkohlter Geruch drang in die Nase von Marin, der besinnungslos am Boden lag. Durch einen schweren Hustenanfall erwachte er einige Zeit später, der Himmel war bereits leicht erhellt und die Morgendämmerung brach ein.

Das Feuer war erloschen und schwelender Rauch qualmte massenhaft aus dem Wald heraus. Asche regnete vom Himmel herab und verdeckte den verbrannten Schutt. Die Siedlung war beinahe komplett abgebrannt, nur wenige Möbel und Wände waren vom Brand teilweise verschont geblieben.

Marin sah sich um. Die Siedlung, die einst ein geruhsamer Zufluchtsort gewesen war, lag nun in verglommenen Trümmern vor ihm. Die Überreste einiger verbrannter Körper waren deutlich zu erkennen, andere waren bis zur Unkenntlichkeit versengt worden.

Sein Blick wanderte zu der Stelle, an der sein Großvater gefallen war. Jener war zwar vollständig verkokelt worden, doch ein unübersehbarer Gegenstand glänzte aus den Verbrennungsrückständen hervor.

Das blutbeschmierte Küchenmesser, mit dem Beno erstochen wurde, hatte erstaunlicherweise das Feuer überlebt. Marin nahm es an sich und betrachtete die schnittige Klinge genau, bis ihm plötzlich eine verstörende Tatsache auffiel. Es war dasselbe Messer, mit dem Edna Tage zuvor noch den Brotstollen in Scheiben geschnitten hatte.

Deshalb hielt er es für äußerst wahrscheinlich, dass Edna in den Tod seines Großvaters verwickelt war. Aber was spielte das noch für eine Rolle? Eine wesentliche, entschied Marin für sich selbst, denn bei all den unergründlichen Umständen kam ihm etwas sehr seltsam vor.

Seine Gedanken versuchten ihm Klarheit zu verschaffen, doch für die Lösung fehlte ihm ein entscheidendes Detail, damit es einen Sinn ergeben konnte. Ob der Fluch existierte oder nicht, es hatte eigentlich keine Bedeutung mehr. Dennoch strebte Marin danach, die verschleierten Geheimnisse zu lüften - der Drang nach Aufklärung trieb ihn an.

Suchend durchkämmte er den Ascheboden, darauf bedacht, diese endlose Leere zu füllen. Seine Hände durchwühlten die noch warmen Glutreste, während er nach verborgenen Objekten Ausschau hielt. Jede noch so kleine Spur könnte ihn der Wahrheit ein Stück näherbringen und ihm endlich die vielversprechenden

Erkenntnisse liefern, nach denen er so verzweifelt suchte.

Auf dem Grund, wo vor dem Brand noch Benos Hütte stand, war nun eine hölzerne Kiste sichtbar geworden, die vom Feuer völlig unberührt geblieben war. Die Kiste war fest am Boden angeschraubt, jedoch nicht verschlossen. Neugierig öffnete Marin die Holzkiste und was er fand, sollte ihm Antworten geben.

Ein altes Buch, ein vergilbter Brief und ein eiserner Schlüssel waren darin enthalten, zwar schon etwas vermodert, aber an keiner Stelle angebrannt. Als Erstes nahm Marin den Brief in die Hand und las mit rasendem Herzen, was darin geschrieben stand:

»Mein lieber Enkel,

Ich schreibe dir diesen Brief, wenige Tage nach deiner Ankunft, in dem Wissen, dass dies mein Ende bedeutet. Du bist zu mir in die Siedlung gekommen, um einen Neuanfang zu wagen und glaube mir, diesen wollte ich dir ermöglichen.

Mein ursprüngliches Ziel war es, dich fest in die Gemeinschaft einzubinden, damit diese Siedlung weiter gedeihen kann. Doch dieser Plan änderte sich schlagartig mit deiner Ankunft.

Ich hatte schon länger den Verdacht, doch dann kam die Gewissheit. Es gab nie einen verwunschenen Fluch in diesem Wald, denn alles Grausame, was geschehen ist, geschah durch Menschenhand.

Genauer wusste ich es, als Sven an deiner Seite unverletzt in die Siedlung zurückkehrte, obwohl allen anderen Bewohnern beim Verlassen der Siedlung der Tod drohte.

Es ist bittere Ironie, dass zahlreiche Menschen, die aus Frust die Siedlung verlassen wollten, dafür mit ihrem Leben bezahlen mussten. Diese schandhafte Tragödie lastet schwer auf mir, aber die Ermordung an den Frevlern verhalf mir letztlich zur Erkenntnis.

Dies hat meinen Verdacht bestätigt, dass in Wahrheit Edna hinter den Morden an den Flüchtigen steckte. Denn sie würde ihrem Sohn niemals etwas antun, im Gegenteil, ihn sogar dazu anstiften, Elvan umzubringen, weil dieser angeblich zu viel von ihren Machenschaften erfahren hatte.

Ihre zwanghafte Herrschsucht unter dem Deckmantel des Fluches und der daraus resultierende Verfolgungswahn verwandelten Edna schlussendlich in eine blutrünstige Mörderin.

Doch über Sven will ich nicht richten. Immerhin war er bereit, dich auf seine Weise zu warnen. Die schwarzen Abdrücke an manchen Stellen dürften dir nicht entgangen sein - sie waren vermutlich Ausdruck seiner Hilflosigkeit. Sven war nur ein Werkzeug in diesem ruchlosen Plan, gesteuert von seiner zornerfüllten Mutter.

Mir ist durchaus bewusst, dass Edna versuchen wird, mich aus dem Weg zu räumen, und wenn du diesen Brief hier liest, ist es ihr wohl gelungen.

Elvan äußerte mir gegenüber oft selbige Vermutungen, also schmiedeten wir zusammen an einem Plan, der die Wahrheit grundlegend aufdecken sollte. Doch war dieser brave Junge nicht vollends in meinen Plan eingeweiht und dafür möge er mir vergeben.

Ria war die Einzige, die tatsächlich Bescheid wusste, was mir vorschwebte. Es ist wahr, sie ist wirklich ein besonderes Mädchen, abstammend von einer mystischen Frau, die eng in Verbindung mit dem Feuer stand.

Jene rote Frau suchte mich drei Jahre vor deiner Geburt auf, um mich zu erleuchten – ‚ein Dorf im Wald unter den Bergen', so verhieß sie es mir.

Sie bat mich um die Erfüllung dieser Vorstellung und bot mir dafür einen beträchtlichen Schatz, den ich nicht ablehnen konnte.

Es dauerte Jahre, bis ich mich dazu ermutigen konnte, Zweifel und Furchtsamkeit hinderten mich anfänglich. Doch dann tat ich, was von mir verlangt wurde, errichtete eine Siedlung und wurde dafür belohnt.

Viele Jahre später, in unserer dunkelsten Stunde, kam schließlich Ria zu uns. Sie war es, die damals das Feuer inmitten des frostigen Sturms entfachte und die Siedlung somit vor der kältebringenden Dunkelheit rettete.

Eigentlich sind wir ihr also zu Dank verpflichtet, auch wenn ihr Einsatz über die Jahre immer mehr in Vergessenheit geriet und stellvertretend dem Priester und seinen Rosen zugeschrieben wurde. Doch in Wahrheit war Ria diese Rose, die dem geweihten Feuer erst eine Bedeutung verlieh und dessen Ausmaße regulieren konnte.

Deswegen habe ich sie gebeten, dir einen Feuerschutz aufzuerlegen, damit die Siedlung brennen kann, während du schläfst. Ja, sie soll brennen und alles Teuflische aus dieser Siedlung soll dem guten Willen weichen, den du mit deiner Ankunft heraufbeschworen hast.

Außerdem legte sie einen Schutz auf diese Kiste, deren Inhalt du noch erforschen sollst. In dem Buch findest du Aufzeichnungen zu den Geschehnissen in der Siedlung seit meiner Flucht vor dem Krieg damals. Möge jemand sich trauen, diese Geschichte ans Licht zu bringen oder für immer schweigen. Der Schlüssel öffnet einen Zugang zum Keller, in welchem du deinen wahren Neuanfang finden wirst.

Reise weiter und finde deine Freiheit! Lass dich von nichts und niemandem einschränken. «

Marin nahm den Schlüssel an sich und suchte im Boden nach einem Schlitz, in den er passen könnte. Tatsächlich fand er nach einigen Minuten einen kleinen Spalt, der vorher mit Asche bedeckt war. Er steckte den Schlüssel hinein und die Bodentüre entriegelte sich, sodass Marin hindurchsteigen und den Keller betreten konnte.

Dort überwältigte ihn der versprochene Schatz - ein nie enden wollender Vorrat an Edelmetall in seiner leichtesten Form. Kistenweise Silbermünzen, die im hindurchstrahlenden Licht glitzernd schimmerten, lagen vor ihm.

Es war mehr, als er je hätte tragen können. Dieses Vermögen würde ihm viele neue Möglichkeiten eröffnen, die Chance auf ein neues Leben geben.

Marin wusste, dass er diesen Reichtum nutzen musste, um einen neuen Anfang zu finden, fernab von den düsteren Erinnerungen an diesen Ort.

Also begann er, die Silbertaler in seine Taschen zu stopfen, bis diese fast aus allen Nähten platzten. Doch er konnte nur einen Bruchteil der Münzen einstecken, den Rest musste er zurücklassen in der Annahme, dass glücklichen Reisenden solch ein schicksalhafter Fund vergönnt sei. Denn er würde nie zurückkehren an diesen widerwärtigen Ort, das schwor er sich.

Als letzter Überlebender verließ Marin die zerstörte Siedlung und den unheilvollen Wald. Er erkannte, dass das Streben nach Wahrheit und das Bewahren der Hoffnung selbst in den dunkelsten Zeiten essenziell waren. Vertrauen war ein kostbares Gut, das man sorgfältig und mit Bedacht vergeben sollte. Vor allem jedoch wurde ihm klar, wie wichtig es war, sich selbst und seinen Überzeugungen treu zu bleiben, und den Mut nie zu verlieren.

Mit prall gefüllten Taschen und einem entschlossenen Herzen machte er sich auf den Weg, ohne auch nur ein einziges Mal zurückzublicken.

Wohin die Reise gehen würde, war ihm nicht bewusst, doch sein Ziel lag ihm klar vor Augen. Er wollte dorthin ziehen, wo das Wasser den Horizont berührte und die Sonne sich darin spiegelte – ans Meer.

ENDE

Über den Autor

**geboren am 13.06.1997 in den Tiroler Bergen*

Schon seit jeher fasziniert von mysteriösen Geschichten, die einen bleibenden Eindruck hinterlassen, entschied sich Shorty seine eigenen Ideen in Form von Novellen zu präsentieren.

Memoriam Mystories ist eine Anthologie-Reihe, die Mystery und History miteinander verbindet. Zugleich enthält der Begriff das Wortspiel „my-stories“ und die Eigenständigkeit des Autors unterstreicht.

Die Serie soll dem Leser spannende und packende Erzählungen bieten, die tief in die Geheimnisse und Mythen der Vergangenheit eintauchen und stets eine unvorhersehbare Wendung bereithalten.

Shorty Jenkins

Mehr von Shorty Jenkins